アーサー王 最後の戦い 普及版

ローズマリ・サトクリフ 山本史郎 訳
Rosemary Sutcliff Shiro Yamamoto

The Road to Camlann
The Death of King Arthur

原書房

アーサー王最後の戦い✣もくじ

『アーサー王と円卓の騎士』

❖もくじ❖

『アーサー王と聖杯の物語』

❖もくじ❖

第*1*章　扉の外の闇

扉の外の闇がしだいに濃くなると、暖炉の薪《まき》にすっきりと明るい炎が立ち、燃えつきた熾《おき》が、がらがらとくずれはじめる。そして炎の中に、洞窟や、船や、剣や、ドラゴンや、奇妙な顔が見えてくるようになると、さあ、いまからは物語の時間だ。

もっと近くにおいで。ようく聞くのだよ。

アーサー王の物語は長い物語だ。そこにはさまざまの糸が撚《よ》り合わされ、さまざまの色彩がまざりあっている。そして、おのずから三つの部分にわかれている。

第一の部分は、アーサーの父親ウーゼル・ペンドラゴンが魔法使いマーリンの手をかり

ることによって美しいイグレーヌを手にいれ、王妃にむかえるところから話がはじまる。やがて二人のあいだには息子のアーサーが誕生した。しかし魔法がつかえるマーリンは、ウーゼル王が鬚《ひげ》に一本の白髪《しらが》すらまじらないうちに亡くなり、そのために貴族たちのあいだで権力争いが生じると、アーサーがまきぞえをくってしまい、ぶじではいないことを、予見していた。そこでマーリンは子どもが生まれたその夜にみずからひきとり、遠く都をはなれたところに城館《やかた》をかまえていた、サー・エクトルという温厚な騎士にあずけた。アーサーがみずからの偉大な運命をになうべき時がくるまで、エクトル自身の息子ケイとともに、一緒に育ててもらおうという心づもりであった。しかしマーリンは、養父のエクトルにさえ子どもの正体を明かさなかった。

マーリンが予想したように、息子のアーサーがまだたった二歳のいたいけな幼児であったときに、ウーゼルが亡くなった。そして国中の領主や貴族たちが権力を手に入れようと、争いをはじめた。そしてかつてウーゼル王がブリテンの島から追いはらったサクソン人たちが、ここぞチャンスとばかりに、ふたたび怒濤《どとう》のように侵入してきた。

こんなありさまをマーリンは悲しく見つめながら、ただひたすら待ちつづけた。いっぽうのアーサーは、養父の城舘《やかた》ですくすくと育ち、幼児から少年、少年から若者へと成長していった。こうしてアーサーが十五歳となると、マーリンはロンドンのデュブリシウス大司教のもとに行って話をした。これをうけて、大司教は大がかりな馬上槍試合のもよおしを呼びかけると、これに参加しようと各地の騎士や貴族たちがこぞってロンドンに集まってきた。こうして大勢の人々が大きな寺院の中庭に集合すると、突如として、彼らの目の前にかなとこが上にのった、大理石の塊《かたまり》が出現した。そしてこのかなとこには、石をつらぬくようにして、一本の美しい剣がささっていた。石の上には、黄金の文字でこう記されてあった。

「このかなとこより、剣を抜きさりし者こそ、真にブリテンの王に生まれつきたる者なり」

　騎士や貴族たちはわれこそはとばかりに剣を引き抜こうとしたが、誰も成功しなかった。ところがいまだ騎士ですらなく、乳兄弟のサー・ケイにつきそう従者としてロンドンに来ていたアーサーがこの柄《つか》に手をかけると、剣はするりと抜けた。まるでよく油を塗った鞘《さや》から抜くようなものであった。

そこでマーリンはずっと隠してきたアーサーの誕生の秘密を明らかにして、アーサーがウーゼル・ペンドラゴン王の子息であり、ウーゼル王の跡を襲うべき正統の血筋であることを人々に知らしめたのであった。

こうしてアーサーは大司教の手によって、王として戴冠した。そしてこれにつづいて、アーサーは大軍勢を組織して、数多くの大会戦のすえサクソン族、ピクト人、海をわたってアイルランドから侵入してきた異民族などをつぎつぎと押しかえすことに成功した。また、ブリテン島の辺境の各地や、山がちの地方を治める十一人の王が手を結んでアーサーに叛旗をひるがえすと、アーサーはこれらをも鎮圧した。王たちはほうほうのていで山の中に逃げかえっていった。こうして国に平和がおとずれると、アーサーはキャメロットを都にさだめ、宮廷をひらいた。このようなアーサーにたいして、マーリンは影がかたちにそうようにいつもそばにいて、助けるのであった。

さて、ここで一つ憶えておいていただきたいことがある。アーサーの母親イグレーヌはウーゼルの王妃となる以前に、すでに三人の娘を産んでいた。長女のモルゴースはオークニー国のロト王のもとに、そして次女のエレインはガルロット国のナントレス王のもとに嫁にゆき、三女の妖姫モルガンもゴア国のウリエンス王の妃となっていた。そしてこの三人の夫である王たちは、すべて、アーサーにたてついた十一人の辺境の王たちの中にふくまれていた。

妖姫モルガンは黒魔術をつかうことに長《た》けていた。そして、父が異なるとはいえ同じ母親の腹から生まれた弟であるアーサーを害しようと、邪悪なたくらみをつねに心に抱いているのだった。しかし、最終的にもっともアーサーを害《そこな》うことになったのは、姉のモルゴースの方であった。

それは、このようにして起きた。

モルゴースはだれも見知った人間のいないのをよいことに、大王アーサーのことを探《さぐ》るために、夫であるロト王によってアーサーの宮廷に派遣された。モルゴースはアーサーの倍ほども年をとってはいたが、なおも美しい女性であった。また、甘くしのびやかな誘惑の術に長《た》けてもいた。こうしてモルゴースは一夜だけアーサーをわがものとすることに、まんまと成功したのだ。いつもならマーリンが警戒するよう、教えてくれたはずだ。しかしちょうどこの時期に、なんとも不運なことに、マーリンは自分自身の用を果たすために遠くに旅していたのだ。そのようなわけで、ことは起きてしまった。そして九か月後に、はるか北の故郷にもどった王妃モルゴースが男の子を出産した。子どもの父親は夫のロト王ではなく、ブリテン大王アーサー――すなわち父を異にするとはいえ、まぎれもなくモルゴース自身の弟であった。モルゴースはさっそくアーサーのもとに使者をおくり、自分の正体を告げたうえで、子どもを産んだこと、モルドレッドと名づけたこと、そしていずれこの子を父親であるアーサーの宮廷に行かせるつもりであることを、伝えさせるのであった。

こうしてアーサーは、自分が人としてあるまじきことを行なってしまったことを知らされた。またこれのおかげで、どのような形をとるのかはまだわからないが、いずれ自分の身に恐ろしい運命がめぐってくるべきことを悟るのであった。しかしそのいっぽうで、アーサーには全身全霊をささげて勇敢に、また正義にもとることなく治めるべき国があった。そして心のかぎり誠実に、また楽しく過ごすべき人生があった。アーサーは歯をくいしばって、そちらに心をふりむけるのであった。

それからまもなくのこと。アーサーが石から引き抜いた剣は、それ以来どんな戦いのときにもアーサーの手の中にあって活躍してくれたのだが、ついにある一騎討のさいにぽきりと折れてしまった。そして、それのかわりとして、アーサーは一本の剣を湖の姫から受けとった。それは、その名も聖剣《エクスカリバー》という、英雄と大王がもちいるために妖精によって鍛《きた》えられた名剣であった。そしてこの直後にアーサーは、キャメラードの王ロデグランスの娘であるグウィネヴィアを見初《みそ》めて、王妃にむかえた。

グウィネヴィアは輿《こし》入れのさいに、持参の品として、大きな円《まる》いテーブルをたずさえてきた。それからさらに、父親にしたがう騎士たちのうち精鋭の百人を連れてきた。このとき、大王アーサーのおかかえ騎士たちは、もうすでに多士済々《たしさいさい》であった。強い闘士たちが、国のすみずみから、それればかりか海のむこうからも、アーサーのもとに続々と集まりつつあったからだ。そしていま、これにくわえて、ロデグランス王の最強の騎士百人がやってきたのだ。こうして、名実ともに、アーサー王の円卓の騎士団が誕生した。騎士たちはつねに正義のために戦い、強きをくじき弱きをたすけることを誓った。また、正しき法《のり》と、優しいふるまいを世にあまねくゆきわたらせることを約束したのだった。

マーリンはこのような騎士団の結成の、初期のころを見まもっただけであった。というのもやがてマーリンにも運命の時がやってきて、サンザシの樹の下の地面の中で、魔法の眠りについたのだ。

こうして、有名な騎士たちの顔ぶれがそろった。まずは、ボールス、ライオナル、ベディヴィエールがいる。またオークニーの国からは、大王アーサーの甥にあたる（ただし年齢は、数歳若いだけの）ガウェインがやってきた。そして後にはガウェインの弟たち——ガヘリス、アグラヴェイン、ガレスの三人も駆けつけてきた。モルゴースの息子たちはすべて剣を持てるようになると、すぐさま母親のもとを去ったのだ。ただし、モルドレッドだけは例外であった。こうした者たちにくわえて、《狭い海》をこえたベンウィックの国からは、湖のランスロットがやってきた。このランスロットこそは、騎士団の中でもっとも偉大な騎士であった。

このような騎士たちのそれぞれが、自分の冒険の物語をたずさえてきた。そして人々は、それ以来、これらの騎士の物語をくりかえし、くりかえし語りついできたのだ。吟遊詩人たちは竪琴《ハープ》の音にのせて、王侯の大広間でうたった。修行僧たちは寒々とした修道院のなかで、仔牛皮の紙の上に物語を記して、本をつくるのであった。そしてサー・トマス・マロリーという名のランカスター出身の騎士が、牢獄の狭い独房に閉じ込められながら、そんな物語や歌をつむぎ、撚《よ》り合わせて『アーサー王の死』という物語にまとめあげた……ランスロットと百合の乙女エレインの物語、ジェレイントとイーニッドの物語、ガレスとリネットの物語、ガウェインと緑の騎士の物語、トリスタンとイズーの長い悲恋の物語、そしてパーシヴァルの到来を告げる、短くも輝かしい物語。こうした物語の数々、そしてそのほかの多数の物語が集まって、アーサー王の偉大な物語の第一部ができあがっている。わたしはすでに『アーサー王と円卓の騎士』という本の中で、こうした物語を読者のみなさんにご紹介した。

パーシヴァルが登場して一年もたたないうちに、聖杯の冒険がはじまった。聖杯というのは、〝最後の晩餐〟のときにキリストがもちいた酒杯のことで、後には、十字架上のキリストの身体から滴ってくる血をこれに受けた。円卓の騎士たちはこの聖杯の神秘をもとめて、冒険の旅にでた。これには自己の魂を救済するためというばかりか、王国の安寧《あんねい》を願うという目的もあったのだ。この冒険のことを、わたしは『アーサー王と聖杯の物語』に描いた。

一人、また一人と、聖杯を求めて旅にでた騎士たちは死んでゆき、あるいは死なないまでも、すっかり気力をうしなって故郷へと帰っていった。こうして最後には、なおも冒険をあきらめない者として、たった四人だけが残った。その四人とは、パーシヴァル、ボールス、ランスロット、そしてランスロットの息子のガラハッドである。しかし、この聖杯の神秘を追い求める冒険を完全になしとげるという偉業は、けっきょく、この四人の中でもガラハッドだけに許された。そしてガラハッドは、これを達成することによって、死なねばならなかった。というのも、聖杯の神秘の核心にふれて、しかも人の世でそのまま生きつづけるということなど、生身の人間にとってとうてい不可能なことなのである。ボールスとパーシヴァルはガラハッドの後にぴったりとくっついてきたので、聖杯の冒険を不完全ながらも達成することができて、そのまま生きつづけることができた。しかしパーシヴァルは一年後にガラハッドの後を追うようにして亡くなった。そして最愛の仲間に死なれたボールスは、故郷《ふるさと》に帰った。ランスロットも大いに健闘して、死に物狂いで三人についてゆこうとしたが、ついに成功するにはいたらなかった。これは王妃グウィネヴィアへの愛を完全にすてさることができなかったからだ。ランスロットは遠くから聖杯の輝きをかいま見て、その意味を知ることを許されたのみで、道なかばにしてひき返さなければならなかった。

このようにして偉大な日々――円卓が燦然《さんぜん》と輝いていた時代は終わりをつげた。そして長く、さまざまの色彩がまざりあい、さまざまの糸が撚《よ》り合わされてできているアーサー王の物語は、第三部――最後の暗黒の時代へと突入する。

第2章　毒りんご

聖杯の冒険とともに、アーサー王のブリテン島には、すべての花がいっせいに開いたかのような華《はな》やかな季節がおとずれたが、いまは、それもすっかり過去のものとなってしまった。しかし、しばらくは、黄金の静寂がなおも立ちもとおっていた。それは、めっきりと秋が深まり、日が短くなってきたころに、ときたま春のような日和《ひより》がおとずれるのに似ていた。

騎士たち――そもそも帰ってきた者たち――はまた円卓のまわりの昔の席についた。しかし帰ってこなかった者も多かった。そしてそんな姿を消した者のなかには、最高に勇敢

な一流の騎士たちがまじっていた。そしてそのような空席を満たすために、新しい世代の若い騎士たちがやってきた。こうした若者たちはまったく昔のことを知らなかった。かつて、正義を擁護する戦いを目前にひかえ、ブリテン島を救おうという熱気に燃えて、若い大王のまわりに集まってきた若い勇敢な騎士たちのことなど、まったく知らない、新しい人々であった。

こうした新しい騎士たちにまじって、ガウェイン、ガヘリス、アグラヴェイン、ガレスにとって弟にあたるモルドレッドの姿があった。モルゴース——これまでずっと息子を自分のそばにおいておきたがったモルドレッドの母親——が死んだので、アーサーの宮廷にやってきたのだ。モルドレッドは、アーサー自身の息子であった。

そして、いままでずっと機をうかがっていたかのように、モルドレッドとともに、にわかに闇そのものがしのびよってくるように感じられた……

モルドレッドは、外見上はとても父親のアーサーに似ていた。しかし、父親より色素がとぼしく、からだつきも華奢《きゃしゃ》にできていた。アーサーは茶色の肌をしており、髪の毛も白《しら》髪《が》まじりになるまでは、刈りとり前の乾草《ほしくさ》畑のような黄金色であった。これにたいしてモルドレッドの方は、光と空気のとどかない、うす暗い地下室で育てられたような青白さがあった。肌も髪も青白かった。眼も青白くにごり、トルコ石の原石のように水色の筋が走っている。そのため、そんな眼の奥で心がどう動いているのか、読みとることはできなかった。そしてモルドレッドの軽く、感じのよい声までが、青白いという印象をあたえた。モルドレッドはモルドレッドなりに、人を導いてゆく力があった。ただしそれは父親のような人を惹《ひ》きつける魅力ではなく、人がまねをしたがる流行をつくりだすのが得意だったのだ。モルドレッドのおかげで、宮廷の人々のあいだに黒いものを身にまとうことが流行《はや》った。また、花や鳥の羽根を指のあいだにはさんでもてあそぶことが流行《はや》った。それから、両肩をすくめてみせてかすかに笑うしぐさによって、王妃グウィネヴィアのことを心のなかで軽蔑し、ばかにすることを、人々のあいだに流行《はや》らせたのだった。

モルドレッドは、王妃その人にたいして、何らふくむところはなかった。しかし宮廷に来て七日とたたないうちに、モルドレッドの鋭敏な目は、グウィネヴィアが、アーサーの騎士の筆頭格にしてもっとも親しい友人でもあるランスロットと愛し合っていること、そしてアーサー自身は、二人がそんな関係にあることを自分自身にたいしてさえ認めまいと、かたくななまでに目を閉じていようとしているさまを見てとった。

グウィネヴィアは、アーサーの防御の上の最大の弱点だった。ランスロットとグウィネヴィアの二人を利用すれば、それを突破口としてアーサーの砦《とりで》に攻め入り、アーサーばかりか、アーサーが背負っているすべてを破滅に導くことができるだろう。モルドレッドはブリテン大王である父を憎んでいた。そして父の王冠に羨望《せんぼう》の眼差しを注いでいた。これは、母親にしてアーサーの胤《たね》ちがい姉であるモルゴースが、モルドレッドが幼児だったころから成長してくる長い年月のあいだ、そうするようひたすら教えつづけたからにほかならない。

ガウェインを代表とする年配の誠実な騎士たちは、そんな風潮にあらがおうとした。しかし、なぜこのようなことになったのかは誰も知らなかったが――ただしモルドレッドと、たぶん、ひっかきまわし屋のアグラヴェインは例外だ。アグラヴェインは一目見たときからモルドレッドにほれ込み、その右腕となったのだ――大勢の新参の騎士たちのあいだで、穏やかならぬささやきがかわされるようになっていた。サー・ランスロットとグウィネヴィア妃はお互いに愛し合っていて、アーサー王を裏切っている…… もしくは、グウィネヴィアはサー・ランスロットとアーサー王の両方を裏切っている…　ともかく、いずれにせよ、このことはぜひ王の耳に入れなければならない…などと。

こんな邪《よこし》まな風をわずかに起こしはしたものの、当分のあいだ、それ以上にモルドレッドにできることは何もないように思われた。というのも、ランスロットもそのような噂を耳にしたので、従弟《いとこ》のボールスにむかってこう言ったのである。

「またしばらく宮廷を離れていた方がよい時期になったのではないかと思うんだ」

「そのとおりだろうと、わたしも思う。だけど、冒険を求めて遠くに旅するのはどんなものだろう。王妃さまがとつぜんそなたを必要とする時がやってくるかもしれない。そんなとき、君は遠くをさまよっている、われわれの方では誰も行方を知らないというのでは困るではないか」

ランスロットとボールスの二人は古くからの戦友同士らしく、お互いの目をじっと見つめた。どちらもモルドレッドの名は口にしないが、相手の心の中は痛いほどわかっている。

「わたしも、それが心配なのだ。だから、宮廷がいまのようにロンドンにあるあいだは、離れるといっても、ウィンザーまでにしておこう。あそこには、むかし騎士団の仲間だったサー・ブラシウスが隠者になって住んでいるので、滞在させてもらうことにする。わたしがどこに行ったかは、君の胸にしまっておいてくれ。そして、もし王妃さまがわたしを必要とするような事態となったら、すぐに使者をよこしてほしい」

「承知した」

このようなわけで湖のランスロットは鎧《よろい》を身につけ、馬をもてと叫ぶと、立ち去っていった。王妃の名を傷つけぬよう、こうしてランスロットが身をひくことは、いままでもたびたびあったのだ。

ランスロットが姿を消すと、グウィネヴィアはありったけの宝石を身におびて、陽気に笑いはじめるのだった。こうしてランスロットがいなくなってもまったく平気だ、ランスロットが身近にいようと、遠くに放浪していようと自分には関係がない、こんなに幸せなのだと、人々に見せつけようとするのであった。そしてランスロットが立ち去ってしばらくすると、グウィネヴィアは自分の私室で、非公式の夕食会をひらく準備をはじめた。それは円卓の騎士の中でもえりすぐりの何人かだけを招く、ささやかな会であった。

グウィネヴィアが招待したのは、オークニー国のガウェイン、その弟たちであるガヘリス、アグラヴェイン、ガレス、モルドレッド、それに〝旗手〟ブレオベリス、沼のエクトル、ボールス、〝執事〟ケイ、ルカン、マドール・ド・ラ・ポルト、そのいとこであるパトリス、〝野人〟ピネルなる人物。ピネルは、聖杯が現われるはるか昔、血で血を洗う門閥の争いで、オークニー国の兄弟によって殺されたラモラクの、いとこにあたっていた。こうした面々をはじめとする二十名の騎士が、夕食をともにするよう、王妃に招かれたのだった。

グウィネヴィアは立派な客たちにふさわしい宴《うたげ》を命じ、みずから先頭にたってその準備をはじめた。

さて、ガウェインは子どものころから果物――とくにりんごが大好物であった。これは誰もが知っている有名な話だったので、ガウェインを食事に招いたら、主人としてはかならずテーブルの上に果物を盛りつけておくというのが例となっていた。そんなわけなので、いまは冬のまっさかりだというのに、グウィネヴィアは大いに心を砕いて、黄金色をした小ぶりのりんごをとりよせた。こうして、しなびてはいるが、クリスマスに食べる蜂蜜ほども甘いりんごが、ガウェインの席のすぐ前のテーブル上に、皿いっぱいに盛られたのだった。

晩餐がはじまった。香りつきの薪《まき》がかぐわしく燃える暖炉の前で、グウィネヴィアおかかえの竪琴弾きが音楽を奏で、招かれた騎士たちはにぎやかに食事をはじめた。ところが、客の一人であったピネルは、いとこのラモラクを殺されたことをいまだに根にもっており、オークニーの兄弟――とくに筆頭格であるガウェインにたいしてはげしい憎しみをいだいていた。そしてこの兄弟を害する方法は何かないものかと、長年のあいだ策をめぐらせていた。これまでは頭の中で策をめぐらすばかりであった。しかし、ここにきて、モルドレッドが宮廷に現われた。しかも、ガウェインのりんご好きはピネルもよく知っている……

晩餐の主要な料理が出つくした。一同はなおも葡萄酒《ワイン》を飲みながら、干しあんずや小さな蜂蜜とアーモンドのケーキなどを食べはじめた。そのとき、偶然にも、ガウェインとパトリスがともにりんごに手をのばした。まったくの同時であった。ガウェインは、礼儀上、パトリスに先にとらせようと手をひっこめた。するとパトリスはりんごを山と盛った皿から、いちばん大きくて美しいのをとった。

そんな場面に誰かが注目していたなら、ピネルがとっさにそれをとどめようとするしぐさをしかけて、すぐに凍りついたようにそんな動作をやめ、自分の手の中にある食べかけの蜂蜜ケーキに目を落とすのが見えただろう。また、モルドレッドのうすい眉と眉のあいだに、一瞬、不快そうな皺《しわ》がよるのが見えただろう。しかしモルドレッドはすぐに葡萄酒《ワイン》の杯を手に持ったまま肩をすくめるのだった。まるで、

「まあ、いいさ。こんなこともあるさ」

と、心の中でつぶやいているかのようであった。

しかし、そちらに視線をむけている者は誰もいなかった。

パトリスはりんごを芯まで食べつくし、残りを火の中に投げ入れた。小さな青い炎がしゅるしゅるといいながら立ち上がった。そして、その同じ瞬間に、パトリスは激しくむせびはじめた。むせび、喉《のど》をかきむしりながら、立ち上がろうとしてもがいた。しかしすぐに、イグサをまいた床の上に、あおむけに倒れて、大の字にのびてしまった。

すぐ近くにいた者たちがさっと立ち上がって、助けようとする。しかしすでにパトリス

の息はたえており、もはや何のなすすべもなかった。

「毒だ」

と誰かが叫んだ。

モルドレッドは遺骸のわきの騎士たちにまじって膝をつきながら、ピネルをそそのかすために、その耳にわずかに注ぎこんだ、自分自身の真っ黒な言葉を思い出していた。また、あのすばやく凍りついたピネルの動作をも思い出していた。だから、毒りんごのねらいがガウェインであったことも、誰が毒をしかけたのかも、モルドレッドにとってはわかりきったことであった。胤《たね》ちがいの兄であるガウェインが消えてくれた方が好都合であったことはまちがいない。ガウェインはアーサーに忠実な男だ。生きていてもらっては、いつ自分の計画の妨げになるやもしれなかった。とはいえ、パトリスの死は大いに自分の目的に役だってくれるだろう、とモルドレッドは思った。りんごを出したのは王妃だ。だから、ちょいとばかりこちらから手を貸してやりさえすれば、王妃に疑いがかかるだろう。疑いがかかれば、王妃に危険がせまる。王妃が危険だという噂がランスロットの耳にはいれば、王妃を助けようと、ランスロットはあたふたと駆けつけてくるだろう。こういうふうに物事がすすむなかで、どこかに――それがどこかは、さすがにまだ見きわめるだけの時間がなかったが――アーサー王――あの憎んでも憎みたりない父親を害《そこ》なう機会がおとずれてくれるにちがいない……

モルドレッドは立ち上がりながら、ほかの者たちにまじって、声に嫌悪をみなぎらせながら叫んだ。

「毒殺だ」

そして王妃を、まじまじと見つめるのだった。

この瞬間、王妃の部屋が蜂の巣をつついたようになった。みながいっせいにわめきはじめた。そしてそんななかに、いとこが卑怯な手で殺された、かならず血でお返しさせてただくぞ、というマドールのひときわ大きな声ががんがんと響きわたった。しかしそんなマドールの声に蓋《ふた》をかぶせるように、ガウェインがいっそう大きな声で叫んだ。

「誰が犯人にせよ、ねらわれたのはわたしだ。パトリスなんかじゃない。わたしのりんご好きは、どの騎士も知っているからな」

「どの騎士も。それからどの女もな」

とマドールが叫びかえした。すると、

「それはどういう意味だ」

とガウェインがマドールをにらみつけた。

「さあ、はっきりと言うんだ」

すると、とつぜんおとずれた沈黙の中に、ふたたびモルドレッドのささやき声がひびいた。

「毒殺だ」

そして、いかにも自分自身の心に浮かんだ恐ろしい考えが信じられないといった表情で、まんまるに開いたうす青い目で王妃グウィネヴィアを見つめた。グウィネヴィアは騎士たちに囲まれながら、石になったように呆然と立っている。

するとマドールはぐるりとふりむいて、そこに集まった騎士たちを見すえると、決然としてこう言うのだった。

「はっきりと言わせてもらおう。誰をねらった毒なのかは知らない。だが、わたしはいとこで友人だった男を、その毒によって失った。しかも、すべては王妃の私室で起きた。

したがって、みなの前ではっきりと言おう。パトリスを殺したのは王妃だ。王妃と、その召使の者しかこのテーブルの上の食物に触れることなどできなかったはずだ」

あちこちに立っていた騎士たちは、（ピネルもふくめて）、いっせいにおびえたような目で王妃を、そしてお互いの顔を見た。王妃を弁護する者は、一人としていなかった。というのも、ピネルとモルドレッドをのぞけば、心の中でグウィネヴィアのことを疑っていない者はいなかったからだ。

すると、騎士に囲まれて立っていたグウィネヴィア妃の身体が揺れはじめた。そして唇まで真っ白になったグウィネヴィアは意識を完全にうしなって、音もなく、床にくずおれた。まるで彼女まで死んでしまったかのようであった。

お付きの女たちがすぐさまかけよって王妃の介抱をするいっぽうで、王のもとに急を知らせる使いが走った。アーサーはただちにやってきた。そして大股で王妃の部屋の敷居をまたいだところ、ちょうどグウィネヴィアがため息をついて、目をひらいた。

「とんでもない話をきかされた。さあ、誰か真実を話してくれ」

とアーサーが言うと、騎士たちはさっとあいだをあけた。床のうえに死骸《むくろ》となって横たわっているパトリスの姿が見えた。そして、いとこの亡骸《なきがら》の横に身をこわばらせて立っていたマドールが、ふたたび王妃を責める言葉をくりかえした。

グウィネヴィアはまだふらふらとしながら、侍女たちの手をかりて立ち上がると、まずアーサーの顔、それから自分を厳しく責める男の顔を、食い入るように見つめる、

「神さまの御前《みまえ》で誓います。わたしは、そのような罪をおかしてはいません」

と言って、訴えかけるように、両手を前にさしのべた。

アーサーはグウィネヴィアのところまで行き、その手をとった。そしてそのまま手をにぎりながら、周囲の騎士たちをぐるりと見まわした。

「これは恐ろしい出来事だ。だが、そなたらの王妃がどんな役割を果たしたのかということについて、そなたらは、王妃がみずからの潔白を誓うのを聞いた。そなたらは王妃を潔白と認めるか？」

「いいえ、王さま。認めません」

とマドールがつっけんどんに答える。そしてほかには、誰も口をひらくものがなかった。

「では、この件は、名誉の法廷で裁かねばならんようだな。わたし自身がわが奥方の言い

分を背負い、責める者と一騎討を戦うことによって、その潔白を証明したいところだが、いかんせん、わたしは王だ。このような裁きの場では、王たる者は片方の主張を引き受けるのではなく、公正な裁き手となることが、法に定められているのだ。だが、マドールよ、きっと誰かがわたしの代理となり、王妃の名においてそなたと戦ってくれるものと、わたしは信じている。王妃にぬれぎぬを着せて、死なせるわけにはゆかないではないか」

しかし、こんなアーサーの言葉にも、王妃の立場をみずからの上に背負い、一騎討でかの女の潔白を証明すべく、われこそはと名のりでる者は一人もいなかった。というのも、心の中で王妃の潔白を疑いながら、神の裁きの前でかの女の弁護をひきうけることは恐ろしいことであり、自分自身の魂までをも破滅の危険にさらしかねないからであった。

長い沈黙があった。

しかしやがてマドールが口をひらいた。

「王さま、王妃さまのために一肌脱ごうという者は、ここにはおりません。ですから、さあ、正義の行なわれる日をお決めください」

なおもグウィネヴィアの手をかたくにぎりしめながら、アーサーはしっかりとした声でこうこたえるのだった。

「円卓の騎士がいますべてこの部屋に集まっているわけではない。宮廷を離れている者すらいる。マドールよ、今日から十五日後に、鎧《よろい》をまとい馬にのってウェストミンスター下の草原に来るがよい。われこそは王妃の立場を背負わんと、誰かが名のりをあげるかもしれぬ。その場合にはそなたと一騎討となり、神は正しき者に味方するであろう。もし名のりでる者がいなければ、わが王妃は、その同じ日に、死で罪をあがなうことになろう」

「けっこうです」

と、マドールはかえした。そして騎士たちは、力をあわせてパトリスの遺骸をはこびながら、三々五々それぞれの場所へと散っていった。

あとに王と王妃の二人だけが残されると、いったい何が起きたのか、知っているかぎりのことを話すよう、アーサーはグウィネヴィアに求めるのであった。

「嘘ではありません。わたしは何も知らないのです。ただ皿に盛ったりんごをサー・ガウェインのために出してあげただけです。するといちばん立派なりんごをパトリスがとって食べ——そして、死んだのです。神さまに誓って申し上げますわ。わたしは潔白です」

「そのとおりだと、わたしは思う。だがわたしが思うだけでは、だめなのだ。ランスロットはどこにいる？　騎士に叙せられたとき以来、ランスロットはそなたを擁護する騎士として、つねにみずから任じてきたではないか」

グウィネヴィアは首を横にふった。

「残念ながら、それがわからないのです。もしも連絡することさえできれば、かならずや駆けつけてきて、わたしを守ってくださるはずですわ」

アーサーはしばらくじっと、暗い物思いにふけっていた。が、やがてこう言うのだった。

「ガウェインではあまりに頭に血がのぼりやすい。それに、誰が犯人にせよ、命がねらわれたのはガウェインなのだ……ガウェインがそなたのために戦えない以上、いますぐボールスに話して、頼むしかない。もし必要なら膝をついてでも、自分のために戦って、潔白を証明してほしいと頼むのだ」

「あの方ご自身が、わたしの潔白を信じておられませんわ。あの方の目には疑いがやどっていました。ほかの方々と同じです」

「ランスロットのためにといって、懇願するのだ」

アーサーは、しぼり出すように言った。言葉が喉《のど》にひっかかったかのようであった。アーサーはグウィネヴィアの額に口づけをすると、くるりと背をむけて、大股で部屋をあとにした。

グウィネヴィアは、ボールスのもとに使いをやった。

ボールスが部屋に入ってきて、王妃の前に立つと、グウィネヴィアはマドールと戦って、自分の潔白を証明してはくれまいかと頼んだ。

ボールスは悲しい顔をこわばらせながら、王妃の言葉にじっと耳をかたむけた。そして相手の言葉が終わると、こうかえすのだった。

「お妃さま、どうしてわたしにそんなことができましょう？　わたしも晩餐の席におりました。したがって、もしも、いま、わたしがあなたの肩をもてば、同胞の騎士たちの疑いはわたしにも向けられるでしょう」

「ランスロットがここにいれば、わたしのために戦ってくれるでしょう」

と、グウィネヴィアは言いかえした。生涯にわたって守ってきてくれた騎士のことを思って、グウィネヴィアの顔に希望の光がともったのに、ボールスは気がついた。王妃はランスロットとアーサーのどちらも裏切っているのだと、ボールスは感じた。そのように感じるのは、これが初めてというわけではなかった。それどころかこれまでもおりあるごとにそう感じて、苦々しく思っていた。そんな蓄積された鬱憤《うっぷん》が、とげとげしい言葉になってボールスの口から出てきた。

「ランスロットは、聖杯の神秘に浴することを魂の底から希求し、パーシヴァルやわたしにおとらず、それに近づくことができたはずなのです。なのに、あなたへの愛が邪魔をして、ついにそれがかなわなかった。なのに、まだ、あなたは自分のもとにランスロットを呼びもどそうというのですね」

こんなきびしい言葉をあびせかけられたグウィネヴィアは、ボールスの前に膝をついて、切々と訴えるのだった。すると、最後には、ボールスのほうが折れた。そして、今日から十五日目までに、自分よりもっとふさわしい騎士が現われなければ、名誉の法廷で自分がグウィネヴィアのために戦おうと誓うのであった。

つぎの日の夜明け前。灰色の光が空にさしそめるのももどかしく、ボールスは誰に知られることもなく王宮をあとにして、ウィンザーにある隠者の庵《いおり》へと馬を走らせた。そして王妃にふりかかった災難のことを、ランスロットに話した。話がすむとボールスはただちに道をひきかえして宮殿にもどり、定められた日までにもっと立派な騎士が現われなければ、自分が王妃のために戦うつもりだということを、みなに知らしめた。

裁きの日となった。ウェストミンスター下の草原では、一騎討のための準備がすっかりととのった。試合場の柵がたてられ、見物台がしつらえられ、真夏の馬上槍試合のような、派手な色彩の布が垂らされた。しかし草地のいちばん奥には、鉄の杭が黒々と、いかめしくそびえている。そしてその足もとには刈ったばかりの樹の枝が山と積み上げられてあった。これは、マドールが勝利をおさめた場合に、すぐさま王妃を火あぶりにするための準備なのだ。当時は、人を殺《あや》めた者は火刑に処せられるのが定めであった。火刑はごくありきたりの刑罰であった。〝謀叛〟とみなされるその他もろもろの罪をおかした者もすべて火刑に処せられた。

そこにブリテン大王アーサーが、騎士たちにとりまかれながら斜面をくだってきた。また護衛にものものしく囲まれながら、王妃グウィネヴィアが歩いてきた。警備長官と武装した兵士たちに囲まれてはいるものの、いつに変わらず昂然《こうぜん》と頭をあげ、いささかの心の動揺も感じさせない。まるで、侍女たちとともに円卓の騎士たちの馬上槍試合を見にきたかのようであった。とはいうものの、鉄の杭と積まれた薪《まき》のそばを過ぎるときには、グウィネヴィアはことさらに視線をそむけるのであった。

やがてマドールが王の前に進みでて、ふたたび、血縁のパトリスを殺害したかどで王妃グウィネヴィアを告発するセリフを吐いた。そしてそこに胸をはって立ちながら、王妃の潔白を証《あか》そうとする者は名のりでて、神の御前《みまえ》で、わが命をかけて王妃の罪を証明してみせよ！とよばわるのであった。

すると、これにこたえて、ボールスが前に進みでる。

「ここにわたくしボールスが、神の御名《みな》において王妃の無罪を証《あか》すため、お守りいたそう。いまのこの瞬間にも、王妃を守護するため、わたしよりすぐれた騎士が現われれば、話は別だが」

こんなボールスの言葉をきくと、アーサーはどちらの騎士に目をむけることなく、まっすぐ前を見ながらこう言うのだった。

「挑戦が発せられ、受諾された。さあ、ご両名よ、戦いの準備をされたい」

冬の冷たい空気を引き裂くようにラッパが鳴り響いた。二人の騎士はお互いに背をむけて、自分の天幕《テント》へとひき返した。天幕《テント》では従者が馬をおさえながら、ひかえている。人々が息をつめて見まもる沈黙のなかで、二人は馬にまたがり、試合場の端と端にまで進んでいった。

二人は馬の首をめぐらせて、それぞれ相手の方にむけた。冬の弱々しい太陽が、それぞれの盾、馬の飾り馬具、天にむけられた槍の穂先をくっきりと照らしている。つぎの瞬間にはゆっくりと槍が水平の位置までおりてきて、騎士たちが上体をかがめるだろう……しかしそんな息もつまる静止の瞬間に、三羽の白鳥が、長い首を前につきだし、リズミカルに翼を羽ばたかせながら、川の下流のほうから飛んできた。グウィネヴィアはこれがこの世の美しいものの見納めかとばかりに、白鳥たちにじっと目を注いだ。しかしボールスの目は、まったく逆のほう——草原の北をふちどる小さな木立のほうに向けられていた。白鳥たちがなおも川面《かわも》の上を進んでゆくうちに、翼が空気をうつ規則正しい音が別の音にかわった。それは馬の蹄《ひづめ》が地面を蹴る音であった。

そしてラッパ手が長い金色のラッパを高々とふりあげ、一騎討の開始を告げようとした、まさにその同じ瞬間に、白馬にのった一人の見知らぬ騎士が森のなかから出てきた。手には〝処女盾〟と呼ばれる、真っ白な盾を持っている。このような盾を持つのは、盾に描くべき紋章をまだ手に入れていない新米の騎士か――あるいは、自分の正体をかくしておきたい騎士のいずれかであった。

すべての人々の目に見つめられながら、新来の騎士は試合場のはずれへと馬をすすめ、ボールスの横にくると手綱をしぼった。兜《かぶと》をかぶった騎士の声には、洞窟のなかから聞こえてくるようなうつろな響きがあった。しかし凛《りん》とした冬の空気をつたって、はっきりと聞こえてきた。

「サー・ボールスよ。王妃さまを守護するこの戦い、わたしにおゆずりいただきたい。わたしには、そなた以上の権利があるのだ」

「もしも大王アーサーさまがご許可くださるならば、おゆずりいたそう。さあ、御前にまいろう」

ボールスがこう言うと、二人の騎士はうちそろって草原に馬をすすめ、おおいつきの見物台のところまでやってきた。おおいの上には紅《あか》いドラゴンの旗が、炎のようにひらめいている。そこにはアーサーが宮廷の面々にとりまかれながら、座っていた。ボールスは王の前に進みでた。

「王さま、王妃さまのご守護をひきうけたいという騎士が、ここにまいっております」

アーサーは紋章のない盾をたずさえ、黒一色の鎧《よろい》を着たその人物に目をやった。面頰《めんぽお》の後ろからこちらを見かえしているはずの目が、きらりと光ったように感じられた。

「ぶしつけな物言いをお赦《ゆる》しいただきたいが、そなたは処女盾を持っておられる。であってみれば、この一騎討にそなたがふさわしいという判断は、どうくだせばよいのだろう」

こうアーサーがたずねると、ボールスが急いで口をそえた。

「この方は、わたしよりもすぐれた騎士です。ですから、わたしはもはやお役ごめんです」

すると警備隊長と護衛兵に囲まれたグウィネヴィアも、やや身をのりだすようにして、目を丸くしながら新来の騎士を見つめるのであった。グウィネヴィアの目は、騎士がとつぜん森のはずれに現われた瞬間から、ずっと、その姿の上にくぎづけになっている。

アーサーは見知らぬ騎士の面頬《めんぼお》の奥の、かすかな目の輝きをまっすぐに見つめながら、ゆっくりと言葉を出した。

「まことか？　王妃の潔白をそなたが証明しようというのだな」

「その目的のためにまいりました」

この男は自分ほんらいの声でしゃべっているのではあるまい。アーサーが心にそう確信するとともに、自分はあのよそおった声にかくされたほんとうの声を知っているのではあるまいかという、ささやかながらも、痛切な期待に似た感情がわいてきた。また、ボールスはきっと知っているにちがいないという思いも、アーサーの心をとらえていた。そもそも自分よりすぐれた騎士だという確信もなく、ボールスがあんなに簡単に一騎討をゆずることなど、あろうはずがないではないか…

そこでアーサーはこう言うのだった。

「もしマドールが同意するならば、そなたが戦う権利をひきついで、この名誉の法廷で王妃のために一騎討を行ない…」

ここでアーサーは言葉をつまらせた。アーサーの口から「神よ、そなたに勝利を恵みたまえ」という言葉がほとんど出そうになったのだ。しかし正義は正義だ。アーサーは王なのだから、正義の擁護者でなければならない。そこで、

「正しい主張をする者に、神よ勝利を恵みたまえ」

という言葉でアーサーはしめくくった。

試合場の端からマドールも駆けつけていたので、このことをはかると、マドールはこうこたえるのだった。

「ボールスとわたしのあいだで事の決着をつける、ただしボールスよりもすぐれた騎士が現われた場合は話はべつだというふうに、はじめからとりきめてあります。もしもこちらが、そのすぐれた騎士だとボールスが誓って言うなら、わたしは異をとなえる立場にはありません」

このようなしだいで、マドールと見知らぬ騎士は互いにあいさつをかわしてから、試合場の端と端にまでさがっていった。ついでラッパの音が響き、二人の騎士は槍を水平にかまえ、馬が駆け足で走りはじめる。やがて馬は全速力となり、敵にむかってまっしぐらにむかってゆく。蹄《ひづめ》が蹴りあげる泥が、おびえた小鳥のように宙に舞い上がった。

騎士と騎士がぶつかり合った。そのときガウェインは、脇にいた沼のエクトルにむかってこう言った。

「大麦パンにたいして、調教ずみのハヤブサを賭けてもいいぜ。あれはランスロットだよ。盾には模様がないが、馬の乗り方でわかるさ」

騎士のなかには、おうおうにして、敵とぶつかる直前に馬の速度をおとす癖をもった者がいる。しかしランスロットは、その同じ瞬間に、逆に馬をあおりたてるこつを心得ていた。そのため、衝撃の瞬間、ランスロットは相手よりも速いスピードを保っていることが多かった。そしてこのことが、たびたび、ランスロットにとって有利にはたらいたのだった。そんなわけで、いましも二人の騎士が衝突して、河原の草原にはげしい衝撃音が鳴りわたると、マドールの槍はあたる角度がずれたおかげで、三つに割れて、破片がくるりくるりと回転しながら宙に舞い上がった。これにたいして、相手の騎士は稲妻のような目にもとまらぬ速度でマドールの盾をまともにとらえた。マドールは馬ともども後ろに投げ出され、ものすごい衝撃音とともに地面にたたきつけられた。

マドールはごろごろと転がって、空に蹴りあげている馬の蹄《ひづめ》をのがれた。そうして立ち上がると、傷ついた盾を前に投げ出し、剣を抜いた。見知らぬ騎士もひらりと馬をおり、槍を投げすてると、剣を抜きはらい、相手にむかっておどりかかる。いっぽう従者たちがさっと駆け寄ってきて、見知らぬ騎士の馬の手綱をひいて連れさり、マドールの馬を立たせようとするのだった。

二人の騎士の剣と剣ががっしりと組み合った。いっぽうが打ちかかると、相手ははねかえして押し込む。突きがはいれば、やり返すといったぐあいで、双方一歩もゆずらない。まるで群れのボスを決めようと、二頭の大猪《いのしし》が争っているようであった。

戦いは小一時間ほどもつづいたろうか。マドールは腕の立つ、気合いに満ちた騎士で、いくたびも戦いの修羅場をくぐりぬけてきた勇士でもあった。しかし、ついに、見知らぬ騎士が相手のかまえのくずれたところをついて、強烈な一撃をみまった。マドールはなかば地面に倒れふした。しかし、見知らぬ騎士が剣を上段にかまえたその瞬間に、マドールはふたたび立ち上がった。そして行きがけの駄賃とばかりに、相手の腿に刃《やいば》をつき刺した。血がだらだらと流れ落ちた。見知らぬ騎士はよろめいたが、つぎの瞬間には渾身の一撃を、ふたたびマドールの頭上に打ちおろした。全身がぐにゃりとくずれ、マドールは手足を投げ出しながら地面に寝ころんでしまった。見知らぬ騎士はマドールの胸にまたがり、兜《かぶと》を脱がせようと身をかがめた。しかしマドールは命乞いの叫びをあげた。さきほどの一撃のおかげで、声がかすれている。そこで見知らぬ騎士は手をとどめた。

「命はとらぬ。ただし、王妃への告発をすべて撤回するのだぞ」

騎士がこう言うと、マドールはあえぎあえぎこたえるのだった。

「そういたします。いまからは、王妃はこのことについては罪がないと申しあげます。一騎討の裁きによって、神がそうお示しになったのだと」

従者たちが出てきて、マドールを立たせた。そして自分の天幕《テント》へと連れもどしていった。そして警備隊長の家来たちは、大喜びで後ろにさがり、グウィネヴィア妃のために道をあけた。兵士たちのあいだから、王妃の姿が出てきた。王妃は夢遊病の者のような足どりで、王の天蓋《てんがい》の方へと歩いていった。天蓋《てんがい》の下には大王アーサーが立っていた。王妃を抱きしめようと、両腕が大きくひらかれている。

このような場合には、戦った騎士が王にあいさつするのが習慣《ならわし》であった。見知らぬ騎士は傷ついた足をひきずりながら、王のところまで歩いてきた。アーサーは腰をおって、騎士をむかえ、感謝の言葉をかけた。王妃も同じであった。そして、このときになってようやく目が覚めてきて、現心《うつしごころ》をとりもどしつつあったグウィネヴィアの瞳が、とつぜんきらりと明るく輝いた。

「騎士どの、兜《かぶと》を脱いではいただけないだろうか。わが王妃の命と名誉を救ってくれた騎士の顔を、とくと見せていただきたいものだ」

騎士はいまだ戦いの疲れと余韻がおさまりやらず、ぶるぶると震える指で兜《かぶと》を脱ぎ、その下にかぶっていた鎖の頭巾を後ろに押しのけた。すると、ふさふさとした灰色の髪の下に、奇妙に歪んだ、醜くも美しい顔――ランスロットの顔が、そこに現われた。

「そうだったのか、ランスロットよ。心から感謝するぞ」

アーサーはこう言いながら、空いている方の手で、ランスロットの鎖かたびらをまとった肩をがっしりとつかんだ。

「いいえ、感謝などいりません。剣帯をつけてくださったあの瞬間から、わたしはずっと王妃さまの擁護者だったのですから」

グウィネヴィアは、ランスロットにむかって手をさしだした。王妃が自分の擁護者に感謝して手をさしだすのは、至極当然のことであった。こうして三人は、長い一瞬のあいだ、手をむすび合ったままじっと立っているのだった。グウィネヴィアには言葉もなく、ただ涙が頬をつたって流れおちた。みなが見つめるなかで、グウィネヴィアはとめどなく湧いてくる涙をぬぐおうともしなかった。

やがてマドールの世話をおえた従者たちが、ランスロットを連れにきた。ランスロットを、アーサーの侍医であるモルガン・タッドの癒しの業《わざ》にゆだねなければならないのだ。騎士たちが集まってきた。ランスロットがもどってきたことを口々に喜んでいる。そしてガウェインの声がひときわ大きく聞こえてきた。

「馬の乗り方で、ランスロットだとわかると言ったろう？」

モルドレッドは、邪《よこし》まな笑みを浮かべながら、さっきまでわきにいたピネルの姿をさがした。しかしピネルは、影もかたちもなかった――この後、ピネルは二度と宮廷に姿を現わすことがなかった。モルドレッドは肩をすくめた…　あの男はまだまだ利用価値があったのに。だけど、ランスロットが網にかかり、宮廷にもどってきてくれたじゃないか。それに王妃の名は泥まみれになった。一騎討の裁きで潔白ということにはなったが、人はすっかり忘れてしまうわけじゃないさ……

これだけ害毒をふりまけば、一日の仕事としては上出来だ……

モルドレッドは頰にかすかな笑みをうかべ、孔雀《くじゃく》の羽根を指でもてあそびながら、馬が待っている方に悠然と歩いてゆくのだった。

第3章　五月祭

ランスロットの傷は癒えるのに長くかかった。冬が去り、春が逝《い》って、ようやくのことに、ランスロットは馬の背に座ったり、痛みを感じないで歩けるようになった。そしてその間、モルガン・タッドの治療をうけるため、ランスロットはずっと宮廷にとどまらなくてはならなかった。グウィネヴィアは自分のためにランスロットがこんな傷を負ったことを悲しく思ったが、そのいっぽうで、心の中でこう思うのだった。

「こうなったら、ランスロットがずっと姿を消してしまうなんてことはないでしょう。きっと帰ってきてくれるはずです。聖杯の冒険のおかげでわたしたちのあいだは引き裂か

れてしまったけど、そうなる前のように、わたしのところに帰ってきてくれるでしょう」

しかしランスロットは、身体のなかのありったけの力をふりしぼって、グウィネヴィアのもとに帰ろうとはしなかった。それどころか、ランスロットはグウィネヴィアと二人きりになることを、つとめて避けた。それればかりか、ほかの高貴な婦人や乙女たちとともに――とくに誰をひいきにするということもなく――過ごそうとするのであった。そして傷の痛みが我慢できるていどにまで回復するがはやいか、ランスロットはただ一人で馬を駆って、ウィンザーの隠者のもとに行ったり、森の中の隠れ家にこもったりするのであった。

グウィネヴィアの喜びは、しだいに、冷たく、苦い怒りへとかわっていった。こうして一年以上の月日が流れた。宮廷が遷《うつ》されてキャメロットにあった、ある春の日のこと。グウィネヴィアはランスロットを自分の部屋に呼びつけた。侍女たちが座をはずして、二人きりになると、グウィネヴィアはランスロットをはげしくなじった。

「サー・ランスロット。あなたの愛が日に日に冷めてゆくのが、目に見えるようですわ。傷が癒えれば癒えるほど、あなたは森に入りびたりとなりました。そしてここにいらっしゃる時でさえ、あなたはわたしから顔をそむけ、ほかのご婦人とともに過ごそうとなさりますわね。以前はあれほどわたしのそばにおいでくださったのに。さあ、正直におっしゃってくださいな。あなたはもはやわたしを愛することをやめ、もっと若くて美しいかたにお目をかけていらっしゃるのですね」

グウィネヴィアの前に立って、ランスロットは大きく、醜い頭を横にふった。

「グウィネヴィアさま、わたしの心はあなたのものです。騎士にしていただいた、あの日からかわりはありません。そんなことぐらい、おわかりのはずです。あなたから顔をそむけるごとに、わたしは胸がはり裂ける思いなのです。だけど、この宮廷の中で、わたしたちのことがずいぶん噂になっていることを、あなたはおわかりにならなければなりません。ですから、わたしたちは離れていなければならないのです。さもないと、あなたにも、わたしにも、それからとりわけ王さまに害がおよびます」

ランスロットは一瞬のあいだ沈黙し、剣帯を指でもてあそんだ。グウィネヴィアも黙ったまま、そんなランスロットをじっと見ている。やがてランスロットは目をあげ、グウィネヴィアをじっと見かえした。うやうやしいながらも、まっすぐな眼差しであった。

「それに、グウィネヴィアさま、これだけではないのです。あなたを愛するがゆえに、聖杯を求める冒険に出たおりに、神はパーシヴァルとボールスにお許しになったものを、わたしにはお許しにならなかったのです。この一事からしても、わたしたちのこの愛がどんなに罪深いものなのかおわかりでしょう。これのおかげで、わたしたちは神の恩寵から遠ざけられているのです」

「あなたのそんなお言葉が嘘だと思えれば、どんなに気持ちが楽になるでしょう。もしも別の女性を愛していらっしゃるのなら、その方と争うことができます。百合の乙女エレインからあなたをとりもどしたように、あなたをとりもどしてみせますわ。でも、あなたは神さまの後ろに隠れて、わたしを遠ざけようとするのね」

最初はおだやかな口調であったが、しだいにグウィネヴィアの声は高く、悲鳴のような調子にかわってきた。そして最後には喉《のど》から、ひび割れたような声がしぼり出されるのであった。

「神さまと争うことなどできないわ。さあ、とっとと消えるのよ。せいぜい神さまのご機嫌をおとりなさい。あなた、わたしから顔をそむけるごとに、胸がはり裂ける思いだっておっしゃったわ。でも、あなた、さっきからずっと、わたしに胸のはり裂ける思いをさせていることが、わからないのですか?」

そしてついに、グウィネヴィアはランスロットにむかって絶叫するのだった。

「さあ、帰って。帰るのよ。あなたの神さまと、お幸せにね。もう二度とわたしに近づかないで」

ランスロットは一言《ひとこと》も返すことなくくるりと背をむけると、盲人のようなよろめく足どりで出ていった。グウィネヴィアは暖炉の前にしいた狼皮の敷物のうえにつっぷして、いつまでもしゃくりあげているのだった。


ランスロットはまたもや宮廷から去っていった。これまで、こんなに悲しい心をいだきながら、宮廷をあとにしたことはなかった。グウィネヴィア自身の口から立ち去るように言われたのは、これがはじめてだったからだ。しかし、こうして森の中に姿を消し、いまはボールスにさえも行方を告げなかったが、ランスロットはキャメロットから一日以上かかるようなところにまで馬を進めることはなかった。というのも、モルドレッドが宮廷に来ていらい一変してしまった、陰気な雰囲気の中で、いつまたどんな害がグウィネヴィアにおよぶかもしれないという不安が、つねにランスロットの心を去らなかったからである。そんなとき自分がそばにいて、グウィネヴィアを守ってやることができなければ、悔やんでも悔やみきれないではないか、という気持ちであった。

このようなわけで、声をあらげてランスロットを追いはらったグウィネヴィアは、火急の要にそなえて、誠実なランスロットがすぐ近くにひかえているのだと、気づくこともなかった。

これは、じっさい、賢明なはからいであった。というのも、それから幾日もたたないうちに、グウィネヴィアがランスロットを必要とする時がふたたびおとずれたのだ。

事のしだいはこうである。

ランスロットが姿を消すと、王妃グウィネヴィアはこれまでもそうだったように、最高に美しいドレスを身にまとって、にぎやかにおしゃべりしたり笑ったりするところをことさらに人に見せつけることで、ランスロットがそばにいようといまいと、自分には関係がないのだということを装うのだった。そしてそれから、ほんの数日後のこと。五月祭［五月一日」の前夜に、グウィネヴィアは十人の若手の円卓の騎士を呼び、明日の朝一緒に近くの草原や森に行き、五月祭の花摘みをして、やってくる夏を迎え入れようではないかと誘った。郭公《カッコウ》の歌を楽しみながら、花が真っ白についたサンザシの枝を持って帰ろうというのであった。

「しっかりした馬にのってくるのよ。その日にふさわしく、頭から足まで緑の衣をまとってくること。それから、それぞれ、一人ずつ従者を連れてきてね。わたしの方は侍女を十人連れて行くわ。そうしたら、みんなそれぞれ乙女と一緒にのって行けるでしょう？五月は恋する人の月ですもの。一人で馬にのってはいけないわ」

若い騎士たちは準備をととのえて、つぎの朝、まだ草の葉の露もかわかないうちに出発した。全身を若葉の緑につつんだ騎士たちが、群れたフィンチのようににぎやかに進んでゆく。馬に吊るした小さな銀の鈴が、ちりりちりりんと歌う。騎士たちは草原や森の道を進んでいった。そして歌をうたい、郭公《カッコウ》に返事しながら、あちこちで馬の足をゆるめて道草をくうのだった。騎士たちは鐙《あぶみ》の上に立ち上がって、サンザシの樹から、白い花を咲かせた枝を折りとり、その枝を、自分の帽子にさしたり、一緒にのってきた乙女にささげたりするのだった。

このように歌い、笑いながら、一行はどんどん森の奥へと進んでいった。

さて、ここにサー・メリアグランスという名の騎士がいた。この当時、キャメロット城から七里《マイル》と離れていないところに立つアーサーの城の、城代をつとめていた。メリアグランスはここ何年ものあいだ、心ひそかに王妃グウィネヴィアを愛していた。そして王妃が馬にのって散策するおりなどに、そんなかの女の姿をじっと見つめながら、どうすれば自分の城館《やかた》に連れて帰れるだろうと、あれこれ夢想にふけるのであった。

そして今日。グウィネヴィア妃が城のすぐ近くにやってくるはずだという噂が、たまたまメリアグランスの耳にとどいた。しかも、武装兵のお伴はなく、ほんのひとにぎりの騎士と従者が一緒に来るが、この者たちは武器も持たず、五月祭の花摘みのために緑の服をまとっているのだという。うまいぐあいに、いま、ランスロットは宮廷を離れている。こいつは絶好の機会だと、メリアグランスは思った。メリアグランスは理性を失ってしまった。そして後先《あとさき》のことを考えることもなく、自分のありったけの家来、すなわち二十名の武装兵と百名の射手《いて》を呼び集めると、王妃の一行が来ている、樹々の密集して生えた渓谷に導いていった。そして音もなく一行のぐるりを包囲しながらも、相手に気づかれないよう、うっそうと茂った樹々のあいだに身をひそめた。やがて、しゅるると空気を切り裂きながら、何も知らない一行の、先頭の馬の鼻先に矢が飛んできて、ずぶりと地面につき立った。

馬は悲鳴をあげて、後ろ足の上に立ちあがった。後続の馬たちも驚き、一瞬、大混乱となった。騎士たちはけんめいに馬を制しようとする。そのとき、とつぜん、騎士たちは四方八方を武装した兵にとり囲まれていることに気づいた。そして一行の行く手に、メリアグランスが姿を現わした。メリアグランスは革の衣をまとっている。しかし腕には盾を持ち、手には抜き身の剣をかまえていた。

「まあ、サー・メリアグランスではないですか。何か悪い冗談でもたくらんでいらっしゃるの？」

と驚愕もさめやらぬグウィネヴィアが言った。まだよく事情がのみこめていない。

「冗談なんてとんでもない」

とメリアグランスは叫ぶと、まだ右往左往している馬たちのあいだを強引にかいくぐりながら、グウィネヴィアのそばに近づいてきた。

「では、この奇妙で無礼なふるまいは、どういうことなのです?」

メリアグランスはぐいと手をのばすと、王妃の手綱をつかんだ。

「礼儀などにかまっている暇《いとま》はありません。一緒に、わたしの城に来るのです。一緒に来るなら、どんなご質問にもお答えしましょう」

「裏切り者!」

王妃は叫び、手綱を相手の手からふりほどき、馬の鼻をむりにもねじ曲げようとした。

「よいこと。あなたは円卓の騎士なのですよ。ご自分を卑しめるばかりか、騎士道を辱《はずかし》め、円卓の騎士団にくわえてもらった王さまの顔に泥をぬるつもりですか? わたしは自分を卑しめるつもりはありません。あなたが指一本でも触れようとしたら、自決します」

「あっぱれなお言葉ですな。だけど、そんなこと、わたしには何でもないことです。長年にわたってあなたを愛してきた。心からほしかったものが、いまようやく手にはいりそうなのだ」

騎士たちが王妃のまわりに集まってきた。そしてメリアグランスを王妃のそばから引き離そうとした。しかしいかんせん彼らは丸腰であった。そしてメリアグランスの武装した家来たちが、まわりからおしよせて来るのだった。騎士と従者たちは王妃を守ろうと、勇者の中の勇者ともいうべき奮闘をしたが、まもなく彼らは一人のこらず負傷して、倒れてしまった。ただし、メリアグランスの家来の側も、そうとうな数の者が地面にのびてしまったということを記しておかねばならない。

こうして騎士たちがすべて地面に倒れふし、そばに立った敵の家来どもがそれを見下ろすようにしながら剣をかまえているのを見ると、グウィネヴィアは恐怖と憐れみとで胸がいっぱいになって、こう叫んだ。

「サー・メリアグランス、ご家来たちに手をとどめるよう言ってください。わたしに忠実だったがためにこんなひどい目にあわされた立派な騎士たちを殺さないで！　殺さないと約束してください。お約束くだされば一緒にまいりましょう。お約束なさらねば…あるいは約束をやぶったなら、わたしはほんとうに自決します」

「王妃さま、あなたのために、騎士たちの命を助けましょう。そしてわたしの城にはこびこんで、傷の手当をいたしましょう。ただしあなたは、わたしに微笑みかけながら、わたしとともに来なければなりません」

こうして負傷した騎士たちは馬の背にかつぎ上げられた。鞍に座ることのできる者もいたが、重傷の者たちは馬の背にだらりと伏せて載せられるのであった。メリアグランスの手がグウィネヴィアの手綱をひきながら、一行は城へとむかった。王妃の手綱につけた銀の鈴が、なおもちりりりんとすずやかな音をたてているのが、まるで皮肉のように聞こえる。

しかしくしばらく進むと、仲間の者たちにくらべて傷の浅かった一人の騎士が、一行が川を渡っているあいだに機会をみすまして、馬の首をぐるりとめぐらすと、横腹に拍車を蹴りこみ、全速力でもと来た道をひき返しはじめた。騎士の背をねらって数人の射手《いて》が矢を放ったが、どの矢もまとを大きくはずれた。また武装した家来が何人か後を追っていったが、騎士はそんな追跡をもふりきって、樹々のあいだに姿を消した。

「あなたは、まもなく、わたしの質問ではなく、わが王さまの質問に答えなければならなくなります。しかも、きっと、剣の刃《やいば》でもって、きびしく問いつめられるでしょう。さあ、わたしと、わたしの騎士たちを、いま自由にした方がよいことよ。いまならそれができます」

しかしメリアグランスは耳をかすどころではなかった。そして三十名のもっとも腕の立つ射手《いて》を谷の入口に配置し、どんな騎士であろうと後を追って来る者がいれば、その馬を矢で射るようにという命令をくだすのであった。ただし乗り手は絶対に傷つけてはならないと命じたところを見ると、まだ多少の正気が残っていたともいえるだろう。こうしてメリアグランスは、なおも王妃の手綱をにぎりしめたまま、残りの家来たちをぴたりと後にしたがえて、もうやみくもに馬を駆りながら、大王アーサーからあずかっている城をめざすのであった。

いっぽう、この日の前夜のこと。森に住む男の暖炉わきで猟犬たちにまじって眠っていたランスロットは、グウィネヴィアが危険におそわれて、自分にむかって助けを求めている夢をみた。見た夢がおうおうにして正夢となるという不思議な能力に、ランスロットは恵まれていた。あるいは、これは能力というよりも、〝呪い〟と呼ぶほうがふさわしいかもしれなかった。いずれにせよランスロットは、それと同時に、自分が見た夢のうちどれが正夢で、どれがただのとりとめもない夢なのかを区別することができた。そんなわけで、この夜ランスロットは夢を見て、はっと目が覚めた。あたりはまだ、深い闇につつまれている。しかしランスロットは起き上がって、けんめいに犬たちをなだめ、落ち着かせると、ねぼけ眼《まなこ》をこすっている主人にむかって、自分はすぐに発《た》たなければならないと告げ、鎧《よろい》に手をのばして身支度をはじめた。主人はぶつぶつと文句をいいながらも、馬に鞍をつけてくれた。こうして馬の準備がととのうと、ランスロットはキャメロット城へと向かうのだった。

夜をとおして、ランスロットは駆けに駆けた。まるで幽霊の狩人に追いかけられているかのようであった。やがて東の空が白々と明けてきた。そうして空に朝陽《あさひ》が昇ってきても、ランスロットはまだ駆けていた。五月祭の朝の新緑の森と、城と黄金色の風景の中を、わきめもふらずに駆けつづけた。こうして正午まではまだ少し時間があろうかというころ、ランスロットはキャメロットの城市《まち》の急な坂をのぼってきて、丘の頂上にそびえる王城の門にたどりついた。

ランスロットが最初に出会った人物はガウェインであった。ランスロットの顔を見ると、ガウェインはいかにもうれしそうに声をあげた。

しかし友との出会いを楽しんでいる暇《ひま》は、ランスロットにはなく、

「王妃さまはどこだ?」

と、いきなりきくのだった。

「十人の若手の騎士と、いちばん綺麗な乙女たちをつれて、五月祭の花を摘みに出かけた。もうそろそろ帰ってくるはずだが」

このとき二人の耳に、急坂の街路を飛ぶように駆けあがってくる蹄《ひづめ》の音が聞こえてきた。そして門をぬけて若い従者のヒュウが駆け込んできた。見れば、大きく割れた額の傷から血が流れだし、顔いちめんをべっとりとおおっている。

ヒュウはあえぎあえぎ、ときには喉《のど》に声をつまらせながら、さきほど王妃の一行にふりかかった災難の一部始終を話した。ランスロットはそのあいだ、鎖の小手をいじくりながらもどかしそうに立っていたが、ヒュウの話が終わると、馬をもてと叫んだ。そして馬がひかれてくると、すぐさま鞍の上にとびのりざま、大声で叫んだ。そのころになるとアーサー王や大勢の騎士たちが、まわりに集まってきていたのだ。

「はやく鎧《よろい》を着て、ついて来てください。わたしは、もしもその時もまだ命があるなら、サー・メリアグランスの城にいます。一緒に王妃さまをお助けしましょう」

ランスロットは門を風のように駆け抜けて、細い急坂をころがるように下っていった。馬の蹄《ひづめ》が敷石を蹴ると、火花がさんさんと飛ぶのだった。そして三連のアーチの橋を渡って川をこすと、初夏の土埃《つちぼこり》を雲のようにまき上げながら走りつづけた。ランスロットはこうして太陽に照らされた森の緑の中に吸い込まれていった。

ほどなくランスロットは、戦いの跡が歴然と残っている場所までやってきた。下生えの草木が折れ、踏みしだかれた草の上には、真っ赤な血の跡が点々とついている。そしてここからしばらくゆくと、ランスロットの行く手に三十人の射手《いて》が立ちふさがった。それぞれ弓に矢をつがえ、弦をひきしぼっている。

「騎士どの、ひき返すのだ。ここからは立ち入り禁止だ」

と、隊長らしい者が叫んだ。

「どんな権利があって、そういうのだ?」

と、ランスロットがたずねた。

「そんなことはどうでもよい。ここは通さないぞ。むりやり通ろうとしたら、そなたはわれらの捕虜だ。それから、そなたの馬を殺す」

「そんなことをして、何の得になるというのだ」

ランスロットはこう言うと、いきなり馬に拍車をいれて、敵にいどみかかった。つぎの瞬間、弓がぶうんと鳴り、怒ったスズメバチの羽音のような飛翔音が聞こえたかと思うと、馬は甲高い悲鳴をあげて、地面につっぷした。胸には二十本からの矢がささっている。しかし、あわれな馬がひっくりかえると同時に、ランスロットは馬からとびおりて、剣をふりかざしながら敵にむかって襲いかかった。しかしこれを見た射手《いて》たちはくるりと背をむけるがはやいか、逃げはじめるのだった。そして蜘蛛の子をちらしたように四方八方に駆けはじめ、樹々のほの暗い翳《かげ》に姿を消した。ランスロットは一人としてつかまえることができなかった。

ランスロットは徒歩で道をつづけた。しかし鎧《よろい》と盾の重量は半端なものではなかった。がんらい騎士の装備は、それを着て長く歩くようにはできていない。そのため、槍を投げたほどの距離を進むごとに、いよいよランスロットの身体に重くのしかかってくるのだった。これにくわえて、王妃グウィネヴィアの名誉をかけてマドールと一騎討を戦ったときに腿にうけた傷があった。傷そのものははるか以前に癒えていたが、まだその後遺症で、足が十分に動かなかった。しかも重くかたい鎧《よろい》が傷跡をこするので、ランスロットはいらいらとしはじめた。そのため、ランスロットの足どりはますますにぶくなってきた。そんなあいだも、昨夜の夢のいやな味が口にこびりついているように、ランスロットには感じられた。危険にさらされたグウィネヴィアが自分を呼んでいる――幾度も、幾度も、幾度も呼んでいる声が耳について離れないのだ。とはいうものの、メリアグランスの城についた時にどんな手荒な歓迎を受けるだろうと考えると、たとえ一部でも鎧《よろい》を脱ぎすてることなど、論外であった。

しかししばらくすると、ランスロットは道に出た。すると、この道の上をランスロットの方にむかってくる一台の荷車があった。荷車には馭者《ぎょしゃ》が一人のっていた。くわえてもう一人の男が荷車の横に座って、足をぶらぶらさせている。

ランスロットの胸に、とつぜん、希望の光がともった。そしてその瞬間、ランスロットは思わず叫んでいた。

「やあ、そこの君たち。きみたちの荷車にわたしをのせて、近くの城まで行ってくれないか？　二里《マイル》もないのだ？　お礼には何がいいだろう？」

すると馭者《ぎょしゃ》はこうこたえるのだった。

「いいや。のせてなんかやらないぞ。方向がまるっきり反対さ。わしはご主人のメリアグランスさまのために、薪《まき》をとりにいくんだ」

ランスロットは暗い声でかえした。

「わたしはそのメリアグランスに用があるのだ」

「ならばどうぞご自由に。自分の二本の足でメリアグランスさまに会いに行くんだな」

馭者《ぎょしゃ》は痩《や》せた老馬に鞭をたっぷりといれて、道の真ん中で行く手をふさいでいるランスロットの上を、おかまいなしに、ひいて通りすぎようとした。ところがランスロットは荷車の前の馭者《ぎょしゃ》席にえいとばかりに跳びのった。そして馭者《ぎょしゃ》が、ふり上げた鞭のねらいをランスロットにむけようとすると、鎧《よろい》をまとった手で、馭者《ぎょしゃ》の頭の横に手ひどい一発をおみまいした。すると馭者《ぎょしゃ》は、つぶてをくらった小鳥のように馭者《ぎょしゃ》台からころげ落ちて、地面の上で動かなくなった。

これを見て、もう一人の男はあわれな声で叫んだ。

「お願いです、だんなさま。命ばかりはお助けを。どこでもお好きなところまで、お連れいたします」

「わたしの行きたいところは、すでに聞いたろう。行け。それも大急ぎだ」

ランスロットはこう言いながら、荷台の中にはいこんだ。いっぽう、荷馬車の男はあわてて前にはい出してきて、手綱をにぎるのだった。

「メリアグランスさまのところですね。ようございます。十数えるあいだに、門におつけいたします」

男はこう言いながら、すでに馬と荷車をぐるりとまわしている。方向転換がすむと、馬車は道をのぼりはじめた。がたぴしと揺れながら、もうれつな速度で進んでゆく。この老馬は、もうひさしくこのような早足で駆けたことはなかった。

メリアグランスの城の天守の上層にある広間では、王妃グウィネヴィアが侍女たちに囲まれながら待っていた。傷ついた騎士、従者たちは、みなイグサを敷いた床の上に横たわっている。というのもグウィネヴィアは、仲間すべてと一緒のところにいさせてほしいと、強く要求したのだ。侍女たちとともに負傷者の傷の手当をしたいということもあった。しかし、このようにしておけば、一人のところをメリアグランスに襲われる心配がないからでもあった。

と、そのとき、窓の外をじっと見つめていた一人の侍女が、とつぜん叫び声をあげた。

「王妃さま。こちらにきて、ごらんください。道を荷車がのぼって来ますわ。上には騎士が立っています。お気の毒に。きっと処刑されるのね」

（当時、鎧《よろい》を身におびるほどの身分の高い者が荷車にのるのは、絞首台にひかれてゆく恥辱の旅のときぐらいであった。）

「どこ？」

グウィネヴィアはきいた。そして窓から見下ろすと、荷車が見えた。なるほど上には騎士がのっている。その瞬間、それが誰なのか、グウィネヴィアは心で見抜いた。盾の紋章を見るまでもなかった。ランスロットだ！

「いいえ。処刑される罪人なんかではありません。でも、ずいぶんと苦しい目にあったのでしょう。あんなお姿で救助にいらっしゃろうとは」

グウィネヴィアはこう言うと、さらに心のなかで、自分にむかってこうささやくのだった。

「わかっていたわ。あの人はきっと来てくれるだろうと。何が起きようと、来てくれるだろうと」

グウィネヴィアが見ている目の前で、荷車は城の門の前でとまった。ランスロットはさっと跳びおりると、ありったけの声をふりしぼって怒鳴った。声は丸天井になった門に、がらんと響いた。

「サー・メリアグランスよ、門をあけろ。円卓の騎士の風上にもおけぬ、偽の騎士よ。忠誠を誓ったアーサー王にそむく裏切り者め。大王と騎士たちはすぐ後からついて来るが、まずは、このわたし、湖のランスロットが、そなたおよび家来とお手合わせをいたす。いざ、勝負しろ」

こう叫ぶと、ランスロットは、大きな門扉《もんぴ》についている小さなくぐり戸に思いきり身体をぶつけた。この小扉は、急いだのとあわてたのとで、しっかりと閉められてはいなかった。そのためランスロットの体あたりによって、はじけるように開いた。ランスロットは門の内側にいた門衛たちをけちらしながら突進した。そして走りながら、右に、左に、剣をはらう。とつぜん縛《いましめ》を解かれた猪《いのしし》が、左右の横腹にくらいついてくる犬どもを、軽々とあしらうようなものであった。

ランスロットが門を破ったときくと、メリアグランスの心はとつぜんの恐怖に満たされた。そこでメリアグランスは天守の階段を駆けのぼると大広間にころがりこみ、王妃の足もとに身を投げ出した。

「王妃さま、どうかご慈悲を。どうかご慈悲をおかけください。あなたを愛するがゆえに、こんな気違い沙汰を起こしてしまったのです」

「わたしに頼んでもだめです。わたしを救いにきてくれた騎士と、わがご主人のアーサーさまにお願いしなければ。アーサーさまもすぐに来てくれるはずですわ」

王妃のそっけない言葉に、メリアグランスは半泣きになりながら訴えるのだった。

「どうか、わたしのためにとりなしてください。あなたには何の危害もあたえなかった。ていちょう至極に扱ったと、おっしゃってください」

メリアグランスはこう言いながら、王妃の緑のスカートの縁《へり》にしがみつこうとした。

「たしかに、わたしの騎士たちよりは、ていねいに扱ってくれましたわね」

とグウィネヴィアは言って、なおもしがみつこうとする手からスカートをもぎとった。

するとメリアグランスは、泣き声でこう言うのだった。

「わたしは気が触れていたのです。どうか、サー・ランスロットと大王さまにとりなしてください。あなたのお望みになるどんなことでも、つつしんでかなえてさし上げましょう」

グウィネヴィアは、ついに根まけして言った。

「泣きごとを言うのはやめて、お立ちなさい。とりなしてあげますわ。命を助けてあげてほしいと。戦さよりも平和がよいのは事実ですからね」

このとき、グウィネヴィアをさがしまわっていたランスロットが、突風のように天守にはいってきた。グウィネヴィアはランスロットを出迎えにゆく。二人は出会うと、一瞬のあいだ、お互いの腕のなかに飛び込んだ。

「きっと来てくださるものと思っていました」

とグウィネヴィアは、ランスロットの肩に頭をふせて言った。

「どんなことがあっても、きっと救いに来てくださると信じていました」

「あなたが危険にさらされている夢を見ました。あなたがわたしを呼んでいた。だから来たのです」

ランスロットはグウィネヴィアから身を離して、たずねた。

「メリアグランスはどこです」

「広間よ」

グウィネヴィアは涙にくれながら、とつぜん、笑いたい衝動にかられた。

「ひどい恐怖に、おびえきっているわ」

「それももっともだな。すでに死が喉《のど》もとまで迫っているのだから」

「いいえ。あの人に約束したのです。慈悲をかけてくださるよう、あなたにお願いすると。こんなことをしたのも、わたしを愛するがゆえだったのです」

ランスロットとグウィネヴィアの二人はさらにお互いから身体を離した。いまは目と目で触れ合っているだけだ。

しかし、これにつづいて、グウィネヴィアはランスロットの手をとると、広間まで導いていった。そこには王妃の侍女たちと、負傷した騎士たち、そして従者たちが待っていた。そしてメリアグランスがなおも床に膝をついている。グウィネヴィアがもどってくると、メリアグランスは敗け犬さながらに、伏せていた視線を上にあげた。グウィネヴィアがけんめいに説得したけっか、ようやくのことに、ランスロットとメリアグランスのあいだに和睦らしきものが結ばれた。ただし、和睦とはいうものの、それには条件があった。一週間後のその日に、キャメロット城下の草原において、アーサー王の御前で二人が一騎討を戦って、事の決着をつけるというものであった。

こんなとりきめがなされた直後に、大王アーサーその人と、円卓の騎士たちが、城の中庭に到着した。

グウィネヴィアはアーサー王たちにたいしても、メリアグランスのことをとりなしてやった。そしてこちらにも和睦が成立したが、やはり同じ条件がつけられた。というのもアーサー王はランスロットの立場を全面的に支持して、メリアグランスとその家来たちへの報復はいっさいせず、一週間後のその日に決着をつけるべきことに同意したのである。

「ただし」

と、アーサー王は厳しい目でメリアグランスをにらみつけながら、言いたすのだった。

「どちらの側にせよ、もしも約束の場に現われなかったら、以後永遠に臆病者、ログレスの恥という名で呼ばれることになろう」

その夜、一行はメリアグランスがアーサー王からあずかっている城にとどまった。そしてつぎの朝になると、王妃グウィネヴィアを真ん中にして、王と騎士たちはキャメロットへの道をひき返していった。傷をうけた騎士のうち、馬にものれないほど重傷の者は、輿《こし》にかつがれていった。ところがこの一行とともにランスロットが出発しようとしていると、メリアグランスがにこにこと笑みを浮かべながら近づいてきて、いかにも親しげなようすで、こう言うのだった。

「ランスロットさま。王妃さまにとりなしていただいたおかげで、一週間後にお互いの名誉をかけて、剣の技《わざ》の競い合いで問題に決着をつけることとなりました。それまでは、あなたとわたしのあいだには何の遺恨《うらみ》もないはずです。ですから、どうかお願いです。あなたご自身のお口から、わたしにたいして何の悪い気持ちももっていないと、おっしゃってはいただけませんか」

「そんなものはいっさいない」

ランスロットは吐き捨てるように言った。

「では、ぜひともそれを証明していただかなければ。名誉の賓客として、一騎討の日までここにご滞在いただけないでしょうか」

ランスロットは相手の男の顔に浮かんだ、卑屈なばかりの笑みにじっと目を注いだ。するとにわかに軽蔑の気持ちがわきあがってきて、吐き気を感じた。殴りつけてやりたい。そんな衝動をランスロットは胸の中に感じた。しかしメリアグランスはとても恐縮しているようで、あさましくもいじましいほど、こちらの機嫌をとろうとしているように見受けられた。ランスロットは軽蔑を感じた自分を恥じた。そこで、けんめいに暖かい気持ちを声にのせようとしながら、こうこたえるのだった。

「ご配慮いただき、かたじけない。馬をならべてともにキャメロットにもどる日が来るまで、喜んで、泊めていただこう」

こうしてほかの者たちが出発したのちも、ランスロットだけは、ひとり、メリアグランスのもとにとどまった。

その日晩《おそ》くなってから、メリアグランスがランスロットにむかって、自分の鷹小屋を見たくはないかとたずねた。とくに、最近北の島からとりよせたばかりの、みごととしかいいようのない白 隼《シロハヤブサ》がいるのです…と、すすめるのだった。ランスロットは鷹狩《たかがり》に目がなく、自分の鳥はいつも自分で調教するほどだったので、一も二もなく、それはとても楽しみだとこたえた。二人は鷹小屋のある中庭へとおりていった。小屋の入口までくると、おかにどうぞとばかりに、メリアグランスは扉の横に立った。敷居をこえたランスロットが跳ね板の上に足をのせる。それは床に巧みにかくされた罠《わな》だった。とつぜんランスロットの足もとにぽっかりと穴があいた。ランスロットは背丈の倍ほども落下して、藁をふかふかに敷いた地面の上におちた。地下牢だった。

メリアグランスはこともなげに落とし戸を引き上げると、足の下から聞こえてくる、くぐもった叫び声もどこ吹く風で、立ち去ってしまった。

キャメロットでは、約束された一騎討の瞬間にむかって、時が刻々とすぎていった。そしてついにその前日になったとき、アーサー王の宮廷にサー・ウアという名の若い騎士がハンガリーからやってきた。ウアはかつて冒険に思いをよせたどんな騎士にもおとることのない強い騎士ではあったが、いまは、人の助けが必要なあわれなありさまで、母親と妹につきそわれながら、馬上の輿《こし》に、ぐったりと疲れはてた身をあずけていた。

三人は宮廷に招き入れられ、名誉の客としてむかえられた。しかしアーサー王はこの若い騎士の母親をわきによぶと、こう言うのだった。

「そなたならびに、ご子息、ご令嬢がわが宮廷に来ていただいたのはうれしいが、息子どのを遠く離れた家郷《ふるさと》から、わざわざここまで連れてこられたのは、いったいどういうわけなのだ。息子どのはとても弱っているではないか。そのような者にはたえがたいほど、つらい長旅だったのではあるまいか」

「おおせのとおり、まことにつらい旅でした。また長い旅でもありました」と母親はこたえた。悲しみが襲う前は、とても美しい女性だったにちがいない——と、アーサーは思った。しかしいまは見るかげもないほど痩《や》せおとろえ、疲れはてている。そして眼にはなかば狂ったような、何かにすがりたいというような光があった。

「あれからもう七年になりますが、そのころ息子はスペインにおりました。どんな若者にもまして、冒険と、立派な手柄にあこがれておりました。そして、そこで馬上槍試合の大きな集まりがあったおりに、サー・アルフェガスという名の、ある若い騎士と一騎討をいたしました。そして相手を殺しはしたものの、七つの傷を相手からくらいました。頭に三つ、身体に三つ、そして剣を持つ手に一つです。息子は正々堂々と戦いました。しかしアルフェガスの母親は自分のだいじな息子を殺されたことを、深く怨《うら》みました。そしてこの女は悪魔から魔力をあたえられていたので、黒魔術によって、ウアの傷がいつまでも癒えることなく血を流し、膿《う》みただれるよう呪いをかけたのです。そのために息子はいつまでも回復することがなく、苦しまねばなりません。回復するためには、世に最高の騎士によって傷を調べてもらわなければならないのです。こうして七年という長い年月のあいだ、わたしどもは世に最高の騎士をもとめて、キリスト教を奉じるあらゆる国々を旅してまわりました。しかしすべて徒労に終わりました。ですからもしもこの地で、そのようなお方を見つけることができなければ、息子はもう一生回復することがないのではないか……そんな恐れがわたしの胸をしめつけているのです」

こんな母親の心細い訴えに、アーサー王は優しくこたえた。

「元気をお出しなさい。ここブリテンの島に――それもブリテンの島の中心で燦然《さんぜん》と輝いているわがログレスの国にいらっしゃったからには、かならずや、ご子息の傷は癒されましょう。どこの国をさがしても、わが円卓のまわりにつどった騎士たちにまさる者はいないのです」

《わが円卓のまわりにつどった騎士たちにまさる者はいないのです…》

口ではこう言いながらも、しかし、アーサーの心には別なことが浮かんでいた。昔はたしかにそうだった…いまもその通りであってほしい…アーサーは祈るような気持ちであった。しかし、そう言いきれる自信はもはやなかった。

しかし、いまは、傷の苦痛にあえぎながら弱々しく寝ている騎士を目の前にして、しかもその母親の苦悶に歪んだ顔、すがるような視線のもとで、このような心のなかの疑いに耳をかたむけているべきときではなかった。

「わたし自身、まっさきにご子息の身体に手をあててみたいところだ。わたしはそのような奇跡を起こせるほどの者ではないと、重々承知している。しかしわたしは大王なのだから、まずもってわたしが先鞭《せんべん》をつけることで、わが騎士たちもわたしに従ってくれるだろう。よろしいかな。このことはしっかりと心にとめておいていただきたい。そなたがわれらにお望みになったことは、ほんらい、軽々におひきうけできるようなことではないのです」

こう言うとアーサーはウアのそばにひざまずいた。ウアの輿《こし》はすでに馬のながえから下ろされて、大広間の床のうえに横たえられてあった。

「ウアどの、そなたの苦しみにはご同情申し上げる。わたしがそなたの傷に触れることを、お許しになられるかな？」

「大王さま、なにとぞお好きなようになさってください」

喉《のど》につまったような小さな声で、ウアはこうこたえた。乾いた、いかにも倦《う》みはてたというような声だった。もはや人の手で癒される希望は、すっかり失ってしまったかのようであった。

麻の包帯が解かれた。アーサー王は、見るもおぞましいウアの七つの傷に触れた。アーサーはこれ以上はありえないというほど、軽く、優しく触れた。しかし手が傷に触れるごとに、若い騎士は歯をくいしばり、顔を歪めるのであった。

「わたしではだめだろうと思っていた。だが、勇気を失うでないぞ。わが宮廷にはわたしよりもはるかにすぐれた騎士が大勢いるのだ」

そこで宮廷にいた騎士たちはつぎからつぎへと進みでて、ウアのからだに手をあてた。ガウェインとその弟たち、ライオナル、ボールス、沼のエクトル、ブレオベリス、執事ケイ、メリオット・デ・ロギュール、ウェイン、グリフレット・レ・フィズ・デ・ディュ、ルカン、ベディヴィエール、マドール、インドのパーサントとつづき、やがてモルドレッドにもお鉢がまわってきた。しかしモルドレッドに触られると、傷ついた騎士はうめき声をおさえることができなかった。この後にも多数の騎士――百人以上もの騎士がつぎつぎとこころみた。こうして何の効き目もなく最後の者の番が終わると、ウアは大勢の者に触られた痛みと疲れで、ほとんど気を失いそうになった。傷はまったく癒されたように見えない。それどころか、つぎつぎに触れられたおかげで、出血がひどくなった。

「こうなったら、湖のランスロットにぜひとも来てもらわねば」

アーサー王が言うと、ガウェインが、こうこたえるのだった。

「ええ、いかにも。明日はここにまいるでしょう。一騎討の約束を守るために、メリアグランスとともにやってくるはずです」

いっぽう、そのランスロットは、六日六晩というものメリアグランスの城の地下牢に閉じ込められていた。毎日、乙女がやってきて落とし戸を開き、食べ物と飲み物を絹の紐《ひも》にしばって下ろした。そして毎日のように、乙女は甘い声でランスロットを誘惑するのだった。

「ランスロットさま、ああ、お優しいランスロットさま、わたしにはあなたを自由の身にしてさしあげられますのよ。ただし、わたしの恋人になってくださればの話ですが……」

そして毎日のようにランスロットは乙女の誘惑をこばみつづけたが、最後の日になって、乙女の怒りが爆発した。

「騎士さま、あなた、わたしをはねつけるのは得策《とくさく》ではないことよ。わたしが手を貸さないことには、あなた、ずっと囚《とら》われのままなのですよ。そして明日の正午になってもここにいらっしゃったら、あなたの名誉は永遠に失せてしまいますわ」

「そなたのいう値段で自由を買うなどしては、そちらの方がよほど不名誉ではないか。大王をはじめ騎士のみなさんはわたしがどういう人物かよくご存じだから、一騎討の時がきてわたしが約束を守れなかったら、臆病風に吹かれたのではなく、なにか不運な故障なり、裏切りのせいでそうなったのだと、きっとわかってくださるだろう」

乙女は落とし戸をばたんと閉じて、立ち去ってしまった。

つぎの朝。ランスロットは暗闇の中に横たわりながら、上から洩《も》れてくる城の物音に耳を澄ましていた。やがてメリアグランスの出かける音が聞こえてきた。馬の蹄《ひづめ》が中庭の敷き石にうつろな音を響かせたかと思うと、丸天井になった門をぬけ、だんだん消えていった。ランスロットは悔しさと絶望感に悶々《もんもん》としながら、両の拳《こぶし》を打ち合せた。しかしその直後に、いつもの乙女がやってきて、落とし戸をあけた。乙女は穴の横に膝をつき、泣きながらランスロットを見下ろした。ランスロットは真下に立って、上を見上げる。

「ああ、ランスロットさま。わたし、あなたを自分のものにできるものと、思っていましたの。でも、あなたのわたしをこばむお気持ちの方がまさったのですわ。あなたをけんめいに愛したのも、むだだったわけですね。でも、あなたの名誉が汚れるのを、わたし、そのまま見てはいられませんわ。ご褒美に、ただ一度《ひとたび》だけ口づけをいただけないでしょうか。それがいただけるなら、あなたを自由にしてさしあげますわ。それに、もちろん、鎧《よろい》もとりもどせるし、メリアグランスの厩《うまや》で一番の馬が手に入りますわ」

「一度《ひとたび》口づけしたとて、何の害があるだろう。親切のお礼をするのは、ただただ礼儀にかなったことですからね」

これを聞いて、乙女は、絹の紐《ひも》ではなく、結び目が多数ついたじょうぶな縄をおろしてきた。

「端は扉の軸受けのところに、しっかりと結びました。信用してください。あなたの体重がかかっても、切れませんわ」

ランスロットは縄をよじ登った。そして、乙女が落とし戸をもう一度しっかりと閉じると、そのわきに立って、乙女に口づけした。たった一度ではあった。しかし長く、とびきり優しい口づけだった。ランスロットは借りはちゃんと返す男だったのだ。乙女はランスロットを武器庫に案内した。そしてみずから従者のかわりをつとめて、ランスロットが鎧《よろい》を身におびるのを手伝うのだった。こうしてランスロットのいでたちがととのい、腰に剣が吊られ、手に槍がにぎられると、今度は乙女はランスロットを厩《うまや》に連れていった。厩《うまや》には十二頭のすばらしい駿馬《しゅんめ》がずらりとならんでいた。どれでも好きなのをとるよう、乙女はランスロットに命じた。

乳のように白く、首がなだらかに湾曲し、隼《ハヤブサ》のように鋭い眼をした馬を、ランスロットは選んだ。乙女は馬に鞍と手綱をつけるのを手伝った。というのも、馬丁をはじめ城の者たちはすべて雪崩《なだれ》をうつように、主人の後を追ってキャメロットへとむかったので、城のなかはもぬけのからだったのだ。

門のアーチのところで、ランスロットは馬にのった。そして高い鞍にのったまま身をかがめると、あらためて乙女にこう述べるのだった。

「感謝の気持ちは生涯忘れない。もしそなたが必要とあらば、いつでも駆けつけて、お助けしよう。今日そなたからこうむったこの恩は、はかりしれなく深い」

ランスロットはこう言うと、拍車を馬の横腹に蹴りこみ、かつかつと蹄《ひづめ》の音を響かせながら、門の丸天井の下に姿を消した。そんなランスロットの後ろ姿を、乙女は、さっき口づけされたまさにその唇の上に塩辛い涙の味を感じながら、いつまでも、いつまでも見送るのであった。立ち去って行くランスロットを、こんな風に見送った乙女は、これまでどれほどあったことか。

ランスロットは高い鞍の上にしっかりと尻をすえると、キャメロットの方に馬の首をむけた。正午までに七里《マイル》の距離を行かねばならない。残された時間は短い。太陽はすでに中天《ちゅうてん》ちかくにまで来ていた。

そのころ、城市《まち》と川にはさまれた草原では、すでに一騎討のための準備がすべてととのっていた。王と王妃をはじめとして、宮廷中の人々がこぞって見物にきていた。若い騎士ウアでさえもが、輿《こし》でかついできてもらい、ハンノキの古木の茂みの翳《かげ》に寝かせてもらっていた。メリアグランスはすでに到着していた。単騎でやってくるメリアグランスの姿を見て、けげんに思ったアーサー王がランスロットのことをたずねると、メリアグランスは驚きの声をあげた。

「サー・ランスロットですって？　まだ来てなかったのですか？　二日目の朝、何かご自分の用をはたすために、わたしのもとを去って行きましたよ。まさか今日のこの日のことを忘れるなんて、思いもよらなかった。ただ…」

「ただ？」

と、アーサー王が先をうながすと、

「ただ、ひょっとして、もうずっと長いあいだ王妃を守る騎士、世に最高の騎士と目されてはきたものの、もはや昔ほど若くはないし…」

と、メリアグランスは言って、開いた面頬《めんぼお》の翳《かげ》でにたりと笑った。

「ランスロットはそのような男ではない」

アーサーがこう言うと、すぐそばに立っていたガウェインも、赤錆《さび》色のもじゃもじゃの鬚《ひげ》のうしろで、野太《のぶと》い声でうなるように言った。

「そのようなことを言うのは、ひどい中傷だぞ。ランスロットが今日の約束に来ないとすれば、殺されたか傷ついたか、それとも、どこかに幽閉されているのだ」

もしもこの時に、誰かが王妃の顔に注目していたなら、その顔にかげりがさして、サンザシの花のような真っ白な色にかわるのがわかっただろう。

しかし王妃の顔を見ているものは、一人もいなかった。というのも、ちょうどその瞬間、川むこうをすばやく移動してくる小さな点から、太陽の光線がきらりとはねかえってきて、もどかしい期待にみちた静寂の上に、早馬の蹄《ひづめ》の気ぜわしい音が響いてきたのである。そして一同がそろって音のする方に首をむけると、白い戦馬《いくさうま》にまたがった一人の騎士が、森から姿を現わして、川にむかう道に馬の足をむけた。騎士は三連の橋にむかった。そして太鼓のような音を響かせながら橋を渡りおえた。騎士がさらに近づいてくる。盾の紋章がはっきりと見えてくると、いっせいに叫び声があがった。

「ランスロットだ！　湖のランスロットが来たぞ！」

そしてこの瞬間に誰かが王妃の顔に注目していたなら、（そのようにしていたのは、たぶん、モルドレッドぐらいだろうが）、王妃の蒼白の頬がとつぜん赤く輝いて、痛々しいまでの炎のようなバラ色に変わるのがわかっただろう。

橋を渡りおえたランスロットは、大きく左手に円をえがきながら、試合場にやってきた。そして手綱をひきしぼる。馬は足踏みをしながら、停止した。鼻づらからさかんに泡を飛び散らせている。

アーサー王はランスロットを自分の前まで連れてくるよう、従者たちに命じた。そこでランスロットはさらに馬を王の御前まで進めて、ふたたび手綱をしぼった。そこは見物台の下であった。アーサー王が座っている。またそのわきには王妃がいた。王がまず声をかけた。

「ランスロットよ、遅かったな」

ランスロットは、その場の者すべてに聞こえよかしとばかりに澄んだ大きな声で話しはじめた。そしてこの数日間メリアグランスにどんなもてなしを受けたか、朗々と告げた。メリアグランスは馬の首をめぐらせて、さっさと姿をくらまそうとした。しかしそんなメリアグランスを、アーサー王がとめた。おびえ、すねたような顔をしながら、メリアグランスは馬上に座っている。そしてランスロットの告発を否認できるかときびしく問いつめるアーサーに、こたえることもできない。

これを見たランスロットはこう言うのだった。

「王さま、この虫けらのような男は自分が騎士――それも円卓の騎士だと称していますが、卑劣な裏切りによって、わたしの名に真っ黒な恥辱をなすりつけようとしました。ですから、今日のために予定されていた単純な馬上槍試合ではなく、この男がわたしととことん戦うことを要求いたします」

ふつう馬上槍試合では、慣例として、敗けた方は相手の慈悲をこうことができる。しかし、ランスロットのこの請願は、どちらかが死ぬまで命乞いができないということを意味した。

「その要求、認めたぞ」

とアーサー王はこたえた。

ランスロットのためにあらたな馬が用意され、ランスロットとメリアグランスは闘技場の端と端にまでさがった。やがてラッパの音《ね》が鳴りひびき、二人は槍を水平にかまえると、お互いにむかって轟然と駆けはじめた。ランスロットの槍はメリアグランスの盾の真ん中に命中した。メリアグランスはずるずると後ろに押され、馬の尻の上をすべって落馬した。

メリアグランスはけんめいに立ち上がる。ランスロットは足で宙に弧を描きながら馬からおりた。二人は剣を抜き、互いにむかって切りかかり、打ちかかった。こうしてついに、ランスロットの強烈な一撃が敵の兜《かぶと》の横に炸裂した。メリアグランスはまるで酔った牛のように、どうと倒れた。

　しかしメリアグランスは必死でランスロットのところにはいよると、その膝にしがみついて、半泣きで叫んだ。

「おお、命ばかりは！　わたしの敗けだ。命だけはお願いだ。慈悲をかけてくれ」

　ランスロットは、どうしてよいかわからなくなった。ランスロットは、とことん戦うつもりであった。ということは慈悲をこわず、あたえない、殺すか殺されるかまで戦うということに、ランスロットの名誉がかかっているのだ。とはいえ、足もとにひれ伏している男を殺すことを考えると、なま酸っぱいおくびが出そうになった。

「立ち上がれ。立ち上がって戦うんだ。これ以上男を汚したくなければ、堂々と勝負しろ」

　しかし相手はあいかわらずはいつくばって、膝にしがみついたまま、泣きべそをかくばかりであった。

「わたしの敗けだ、敗けだ。命ばかりは…」

　進退きわまった、ランスロットは叫んだ。

「立つんだ。わたしは兜《かぶと》を脱ぎ、盾をおいて、左の小手をはずして、左手を背にしばったまま戦ってやる」

　これを聞いたメリアグランスは、泣きわめくのをやめた。そしてよろよろと立ち上がると、すべての人々よ聞け！とばかりに、大声で言いはなった。

「王さま、いまの申し出をお聞きになりましたか？　わたしはお受けいたします」

　胸くそが悪いとばかりに、一同は静まりかえった。ついで騎士たちのあいだに、不快そうにつぶやく声がひろがった。そしてアーサー王は、だいじな親友でもある騎士ランスロットにむかってたずねた。

「ランスロットよ、そなた、本気か？」

　するとランスロットはまったく動じたふうもなく、こうこたえるのだった。

「わたしは、いままで、いったん口にした言葉にそむいたことはありません」

　従者たちが近づいてきた。そしてランスロットの兜《かぶと》と盾をとり、左腕を背にくくりつけた。こうして、ふたたび、二人の騎士は面とむかい合って立った。かたや完全装備の姿で立っている。これにたいするランスロットはといえば、頭をむきだしにして、盾も持たず、片手だけが自由な状態であい対している。こんなランスロットの姿を見て、闘技場の人々から期せずしていちょうに噴懣《ふんまん》のつぶやきが湧きあがった。

メリアグランスは剣をふりあげた。ランスロットはあたかも相手をさそいこむかのように、むきだしの頭、盾のない左脇をさらしたまま立っている。ひゅるるると刃《やいば》が落ちてきた。ランスロットは横に身をずらせ、ついで水面から跳びあがった鮭のように、きらりと銀色の光線を放ちながら身をくねらせ、愛剣ジョワイユをふりあげた。剣と剣ががしっと嚙《か》みあい、ぎりぎりときしり、一瞬のあいだそのまま静止した。つぎの瞬間、相手の剣ははねかえされ、ランスロットの剣は敵の兜《かぶと》のいただきをとらえた。この一撃にはとてつもない力がこめられていたので、兜《かぶと》も、その下の頭も、ともにまっぷたつに裂けてしまった。そしてメリアグランスは息たえて、踏み荒された地面の上にくずれ落ちた。

さっと従者たちが寄ってきて、メリアグランスの馬をひきながら、死体をはこんで行った。いっぽうランスロットは剣にもたれかかったまま、小手をはずした手の甲で眼もとから汗をぬぐった。そんなランスロットのところに、アーサー王がみずからやってきて、ウアが寝ているハンノキの翳《かげ》まで連れていった。そしてアーサー王はウアの不思議な傷のことを話し、自分たちの誰もそれを癒すことができなかったと言うのだった。

「とはいうものの、うまく行くだろうと、大きな期待をもっていたわけではないのだ。ウアの傷は世に最高の騎士が触れるのでなければ癒えないということだからな。だが、こうしてそなたがもどってきてきてくれたので、また心に希望が湧いてきたぞ」

「わたしもです」

と、ウアも言った。ウアの眼は、病んだ犬のようにランスロットの顔を食い入るように見つめている。そしてわきには母親と妹が、心配そうに立っている。

すると、

「わたしはどうも」

と、ランスロットは言うのだった。

「世に最高の騎士にのみ、それが許されるとのこと。これほど大勢の立派な騎士の方々が失敗したことを、わたしにできると考えるなど、とんでもない思い上がりです」

「いかにも、世に最高の騎士にのみ許されたことなのだ」

とアーサーは優しく言った。これにたいして、

「ええ、わたしは、かつて、そうだったかもしれません。ひょっとすれば…」

と、ランスロットが首を横にふりながら言うと、アーサーはなおさら優しさを声にこめながら、

「ガラハッドはすでに世にないのだ」

と言うのだった。そして、さらにつづけて、

「それに、よいか、そなたは傲《おご》りやでしゃばった気持ちで、それをなすのではない。そなたの王が命ずるから行なうのだぞ」

「王さまのご命令とあらば、従わねばなりますまい」

ランスロットは骨の髄まで疲れていた。しかも、さきほどの一騎討のせいで、まだ汗まみれであった。それにまた、もしもいまそれをこころみて失敗したなら、勢ぞろいした円卓の仲間の前で、自分は赤恥をかかされることになるのだということが、よくわかっていた。それにもかかわらず、ランスロットは輿《こし》の前の地面に膝をついた。そして剝《む》きだしの左手と、まだ小手をつけたままの右手を組み合わせて祈った。それは神のほかには誰にも聞かれることのないよう、心の奥底で唱えた祈りであった。

「おお、神さま、わたしをあなたの手とならしめたまえ。そして、あなたの手をとおし

て、この病める騎士を癒させてください。あなたのお力とご恩寵によって、この騎士を全《まった》き身にもどしてください。わたしの力ではありません。わたしを通して、あなたのお力をお示しください」

こう祈りおえると、自分が右手にまだ小手をつけているのに気づいたので、ランスロットはそれを剝《は》ぎとるようにはずすと、ウアにむかってとてもていねいにたずねた。

「あなたの傷に触れることを、許していただけますか？」

「どうか、わたしの身体に、お手をのせてください」

こうウアがこたえると、ランスロットはウアの頭の傷にそっと触れた。するとそのとき、ランスロットの身体を通って何かが流れたように感じられた。それは空気だろうか？それとも炎？　あるいはランスロット自身の心臓の血だったのだろうか？　これとともにランスロットの手の下で出血がやみ、開いた傷の端と端がぴったりと合わさった。ついでランスロットはウアの身体の傷に手をおいた。すると、またもや、命の力と愛がランスロットの身体を流れ、傷口がふさがるのだった。そして最後に、ランスロットはウアの右手を自分の両手にくるんだ。すると自分の手の平のあいだで、騎士の手の傷がみるみる回復し、力強くふくらんでくるのが感じられた。

われをして奇跡をなさしめたまえ！　ランスロットは生涯そのように神に祈りつづけてきた。ついに、数しれない罪にまみれた身ながら、神はランスロットのこの願いをかなえてくれたのだ。

ウアは身をおこして、座った。そしてびっくりした目であたりをきょろきょろと見まわしたかと思うと、ゆっくりと立ち上がった。これを見たアーサー王と騎士たちは口々に喜びの声を上げた。そしてひざまずいて、頭を垂れると、慈悲をあたえたもうた神に感謝の祈りをささげるのだった。

しかしランスロットは、空《から》になった輿《こし》のそばになおも膝をついたまま、いかにも立派な剣士らしい大きな手で顔をおおうと、まるでおしおきを受けた小児のように、いつまでも泣きつづけるのであった。

第4章　王妃の部屋にて

時がすぎていった。表面では、まだ夏がつづいているように見えた。しかし水面下では、ブリテンの島に暗い影がじわじわとしのびよってきていた。ログレスの輝かしいともしびが、高々と澄んだ光をはなっていることにかわりはなかった。しかしそれは、短くなった蠟燭《ろうそく》の蠟《ろう》が、流れくずれて消える寸前に、大きく燃え上がるのに似ていなくもなかった。

そしてランスロットは、何気ない瞬間に、九年前に亡くなったトリスタンのことをふと思い出している——そんな自分に気づかされることが、ますます頻繁になってきた。そ

う、トリスタンはキャメロット城の大広間の暖炉の前に座り、膝の上の小さな竪琴《ハープ》をかき鳴らしながら、自分とコーンウォールの王妃イズーとのあいだの愛をみごとな歌に仕立ててあげた。それがまたあまりに甘くも悲しい語り歌だったので、聴く者はみな胸をしめつけられ、涙を流すのであった。こんなトリスタンがイズーを愛したように、ますます、ランスロットはグウィネヴィアを愛するようになってきていた。それは月が海の潮を惹《ひ》くように、ランスロットをやみくもにひきずって行く魔の力であった。しかし惹《ひ》かれていってどこに行きつくのか――それはまったくわからなかった。

そして、かたときもたゆむことなく、アグラヴェインとモルドレッドはランスロットと王妃のことを見張りつづけた。この二人は、ランスロットと王妃、それにアーサー王のことを憎んでいた。なかでももっとも憎く思っていたのがアーサー王であった。しかし二人ともそんな気持ちはおくびにもださず、ただ王のためを思って心から案じているのだというふりをつづけていた。

またもやめぐってきた五月の、ある夕べのこと。このたびは宮廷はカールレオン城に移っていたが、城をとりまく丘の樹々のあいだで、この日もやはり郭公《カッコウ》が鳴いていた。ガウェインと三人の弟たち、それに胤《たね》ちがいの弟モルドレッドが、カールレオン城の北塔にあるガウェインの部屋に集まって、話していた。そこは暗く、いかめしい部屋だった。かりにも美しいといえるものがあるとすれば、暖炉におどる炎と、低い寝台の上にばさりと投げかけられた大きなシロクマの黄ばんだ白の毛皮、その眼にはめこまれたこはくの玉ぐらいなものであった。オークニー国の四人兄弟は暖炉を囲むようにして集まっていた。これにたいして、モルドレッドはただ一人離れて、長細い窓の横に立っていた。わたしは兄弟とはいえ、そなたらとは父が違うのだ……このことを、モルドレッドはつねに忘れることがなく、兄たちにも忘れさせなかった。こうして窓のそばにたたずんだモルドレッドは、ちっぽけな、宝石のついた短剣を手の中でもてあそんでいた。指で草花をもてあそぶかのようであった。

まず、アグラヴェインが口をきった。

「われわれは、みな、二人が一緒にいるところを目撃している。しょっちゅう一緒に過ごしているということも知っている。それればかりか、人に見られていないと、もっと親密なふるまいになることも、お見通しだ。あの二人が互いに愛し合っていることは、宮廷中で知らない者はないぞ。このまま王さまにお知らせしないでおくのは、卑怯千万ではないか」

ガウェインが、憤りのこもった声でこうこたえた。

「王さまはちゃんとおわかりさ。王さまのことを、目のない愚か者だとでも思っているのか?」

するとガヘリスが、とまどったような声できく。

「じゃあ、なぜ何もしないんだい?」

これにたいして、ガレスがゆっくりとした口調でこたえた。じっくりと考えるがままに、頭のなかの考えを言葉になおしてゆく。

「そんなことぐらいわからないのか? 王さまはちゃんとご存じだ。だが、他人ばかりか、自分にたいしても知らないというふりをしているのだ。それはなぜかって? そのようなふりをしているあいだは、自分がこの世でいちばんだいじに思っている二人の人間を害するようなことをしなくてもすむからさ」

「弟よ、ご明察だ。でも、それにはまだ先がある」

と、ガウェインが言った。しかしこのとき、アグラヴェインがかん高い声で叫んだ。

「だがそんなあいだにも、奴らは、アーサー王と、円卓の騎士団と、ログレスの王国に泥をなすりつけているんだぞ！」

ガウェインは煙をあげている丸木を暖炉の中に蹴りこんだ。そしてぱっと燃え上がった炎にじっと見いった。そして、

「泥をなすりつける奴なんて、ほかにも山ほどいるさ」

と言いながら、弟をにらみつけた。

「アグラヴェインよ、忘れるんだ」

「ガウェイン兄さんはいちばん年上なんだ。兄さんが王さまに教えなければ」

ガウェインの胸の中に、やり場のない噴懣《ふんまん》がこみあげてきた。ガウェインはほとんど息がつまりそうになった。どちらに目をやっても、出口は見えなかった。どうすれば迫りくる邪悪を押し返すことができるだろう？　ガウェインには、どうしてよいかまるで見当がつかないのだった。かりに、アーサー王に話し、二人の関係を教えたとする。しかしそんなことをすれば、けっきょく、モルドレッドの思うつぼではないか。

「そんなことに、いっさいかかわりをもつつもりはないぞ」

とガウェインは、喉《のど》から声を押し出すようにつぶやいた。このとき、ガウェインの灰色まじりの赤髪《あかげ》は、まるで噴怒にかられた猟犬の首の毛のように、総毛立つかのようにみえた。

「そんなことをしたら、円卓はまっぷたつに引き裂かれてしまう。わかっているのだろうな。ランスロットの側につく騎士も少なくはないぞ。そのほかの騎士たちは、おまえとモルドレッドに従うだろう。それがアーサー王に忠誠をつくす道だと思ってのことだ。そんなことをしているうちに、いずれ、おまえたちがアーサー王に叛旗をひるがえすつもりなんだろう。そうなると、血で血を洗う戦いになるぞ。ログレスの国も、われわれがずっとけんめいに追い求めてきたものも、すべておしまいだ。そんなとき、だれが王をお守りするのだ？」

「兄さんは王さまの側につくのでしょう。わたしもそうする」

とガレスが言うと、ガヘリスが言葉をついだ。

「わたしも。それに、王さまをおささえする騎士はまだ何人もいるぞ。鬚《ひげ》の白い古強者《ふるつわもの》たちは、だいたいみなそのはずだ」

ここでモルドレッドが、短剣をいじくりながら、はじめて口を開いた。

「アグラヴェイン兄さん、もしも、兄さんが恐くてしりごみするのなら、ぼくは父上のアーサー王のところに一人で行くよ」

「いや。わたしも行く。忠誠を誓ったわれらが王に、何としても知っていただいて、行動していただくときが、いまやってきた」

アグラヴェインはこう言うと、唇を舐《な》めながら、横目でモルドレッドと目を見交わした。

二人は一同にぐるりと背をむけると、部屋から出ていった。

暖炉のそばに残された三人は、去ってゆく二人の背をじっと見送った。

「もはや、これ以上われわれにできることはない。くそう。たとえ、こいつで奴らの口を封じたとしても」

と、腰帯の短剣をさわりながら、ガウェインが言った。

「奴らが死ねば死んだで、この問題がアーサー王の鼻の先につきつけられることになるんだ。そうなったら円卓はまっぷたつに引き裂かれるから、奴らがアーサー王に話すのとまったく同じ結果になってしまう。おお、こんな悲しいことがあってよいものか！　頭の上に暗闇が襲いかかってきた！」

モルドレッドとアグラヴェインは会議室に足をむけた。

王は一人ぼっちでそこにいた。アーサーは肘かけの側柱にドラゴンの頭部を彫刻した玉座に腰をおろして、虚空を眺めていた。二人はアーサー王の前に膝をついた。王を愛するあまり、王がこれ以上裏切られているのを黙視できず、義憤にかられてきた家臣というような神妙な顔であった。そして二人は、ランスロットと王妃グウィネヴィアが互いに愛し合っていると告げた。

王は無言のまま話をきいた。

ただ、話が進むにつれて、ドラゴンの彫刻をにぎる両手に、すさまじいまでの力がこもってきた。起きてほしくない、起きてはならぬのだと、たえまなく祈っていたことが、いま、目の前で起きていた。アーサーは、ついに、自分の妻と最愛の友人のあいだの関係を知ることを、むりやりに求められたのだ。これによって、ただたんに三人が暗闇につつまれるばかりではない。ログレスの国そのものに暗黒の闇が襲いかかり、破滅の運命に呑《の》みこまれるのだ。

しかしこのまま唯々《いい》諾々《だくだく》と暗黒の闇に身をゆだねるつもりは、アーサーにはなかった。話が終わった。二人が口を閉じると、アーサーはゆっくりと立ち上がった。そしてまるで軍旗をひるがえすかのように、胸をはり、長身の堂々たる体軀《たいく》をそびえさせた。長身の者の例にもれず、アーサーは長年のあいだに自分自身の身体の重みに圧《お》されて、やや猫背になりかけていた。しかし、いま、アーサーの背はぴんと伸びていた。そしてなおも足もとにひざまずいている二人の男を、アーサーはじっと見下ろした。血のつながった甥、そして思わぬいきさつで生まれたとはいえ、血をわけた実の息子がそこにいた。

「そなたら、覚悟はできているのだろうな。それはとても重大な告発だぞ。そなたらのどちらかが、名誉の法廷でそれを証明しなければならぬ。しかも相手はサー・ランスロットだ。ランスロットが王妃の潔白を証明するのは、これがはじめてではない。この前の一騎討がどのような結果になったか、まさか忘れてはいまい。それればかりではない。ランスロットは盾も兜《かぶと》もなく、片手を背にしばりつけられて相手と戦いながらも、死骸になって戦いの野からはこび去られたのは、メリアグランスのほうだったのだぞ」

こんなアーサー王の言葉にたいして、アグラヴェインは早口の熱っぽい調子でかえした。

「でも、悪人どもが悪事をおかしている現場をおさえられたらいかがでしょう？　信頼できる証人が何人もいれば、文句なしに犯罪の事実は証明され、一騎討で黒白をつける必要がないのでは？」

するとモルドレッドも、ダマスク織りの絹のようななめらかな声で、

「それが法というものです、お父上」

アーサーは自分の首にまわされた縄が、ぐいと絞められたように感じた。アーサーは生涯をかけて、人々が剣の力による正義ではなく、法にしたがう世を実現しようと、努力をかたむけてきたのだ。またアーサーは、騎士であろうと豚飼いであろうと、あるいはお針《はり》子《こ》であろうと王妃であろうと、万人にひとしくあてはめられる、同じ一つの法をつくろうと、これまで懸命につとめてきたのである。

「王さま、明日、狩猟《かり》にお出になり、天幕《テント》を張って一夜をお過ごしになっていただければ

……」

と、アグラヴェインが言葉をつぐと、

「わたしに尻尾をまいて逃げ出して、悪事がぶじ行なわれるまで、こそこそと隠れていろというのか？」

こう言いかえすアーサー王の声はあくまで冷静であった。しかし言葉が喉《のど》の奥をひっかくように、アーサーには感じられた。

「そのような考えは、もうとうありません。お父上」

と言葉をかえすモルドレッドの声は、あいかわらず絹のようになめらかだ。

「でも、ランスロットと王妃が会うのは、父上がご不在のおりにかぎられるのです。もしお断わりになれば、父上はご自分がお作りになった法のはたらきを、故意に阻害なされるということになりますよ」

そこにアグラヴェインが言葉をはさんだ。

「明日、狩猟《かり》にお出ください。そしてあさってまで帰らないと、言いふらすのです」

話しているアグラヴェインの細面《ほそおもて》の顔に、悪意がきらきらとおどりはじめた。

「すると、王妃はきっと、親愛このうえなきランスロットをお呼びになるでしょう。いつも、いつもそうでした。そうなったらわれわれは証人をかき集めましょう。そして、愛する叔父さま、あなたが二度とふたたび辱《はずかし》められることのなきよう、ランスロットを王妃の私室でとりおさえましょう。これにて証明終わり、というわけです」

「そして王妃は火刑に処せられ、ランスロットは首をはねられるのだな」

「それが法というものです」

モルドレッドが猫なで声で言った。

アーサーは無言のまま、目の前にひざまずいている二人にじっと目を注いだ。アーサーの頭の中では、風にあおられた焔《ほのお》のようにさまざまの思いが渦巻いていた。こいつらの言うように、それが法の正義というならば、いかにもそのとおり。アーサーに口をはさめることは何もない。しかし、ガウェインはどう動くだろう？ オークニー国の兄弟は、愛にせよ憎しみにせよ心が密につうじあっているから、長男たるガウェインが、こいつらがどんな獲物を追いつめようとしているか、知らないはずはあるまい。とすれば、きっと、ガウェインはランスロットに警告するはずだ。

「おお、神よ」

と、アーサーは心のもっとも深い襞《ひだ》のなかで祈った。

「わたしには何もできることはありません。どうか、迫りくる危険について、ガウェインの口からランスロットに警告があたえられますよう、おはからいください」

しかし、声に出したアーサーの言葉はこのようなものだった。

「そのようにするがよい。信頼のおける証人を集めよ。そして、王妃の私室にいる湖のランスロットを見つけたら、捕えるのだ。しかし、そなたらにそれができるかな。わたしはランスロットがそなたら両人と、証人どもをすべて殺してくれればよいと思っている。いままでの生涯で、これほど切な期待を心にもったことはないほどだ。さあ、許可をあたえるぞ。王の面前を去ってよろしい」


こうしてつぎの日の早朝、アーサー王は猟犬を、馬をもてと命じると、ほんの数人のお伴を連れただけで、明日の夕方に帰ってくると言い残して狩猟《かり》にでた。アーサーはランスロットとガウェインのどちらにも、同行を命じなかった。

しかしいずれにせよ、ガウェインにはこの日の狩猟《かり》にくわわることはできなかった。《聖杯の探求》の冒険に出ていたときにガラハッドの剣によって負傷していらい、ガウェインはもうれつな頭の痛みに襲われることがときどきあった。身体にむりが重なったり、心に悲しみをかかえたりすると、痛みは決まったようにやってきた。そんなときガウェインは、痛みをやわらげるために酒を飲んだ。いまガウェインはこのような痛みに襲われていた。頭が二つにはじけて割れるのではないかというほどの痛みであった。苦痛をまぎらすため、ガウェインは酒を飲んだ。いつもより痛みがいっそうひどかったので、いつも以上に酒を飲んだ。そして死んだように眠りこけてしまった。このようなわけで、ガウェインはランスロットに警告をあたえることができなかった。また、ガヘリスとガレスの二人は王の狩猟に同行したので、緑の森の中で、跳ね足もかろやかな鹿を無心に追っていた。

王の狩猟《かり》の第一日目はこのようにしてすぎ去った。カールレオン城では、初夏の暖かい夕闇が川ぶちの草原からひめやかにはいのぼってくるとともに、これとは別のどす黒い翳《かげ》が城の上におりてくるように感じられた。

その夜ランスロットは、自分の部屋で葡萄酒《ワイン》の盃をかたむけながら、晩《おそ》くまでボールスとよもやまのことを語り合っていた。そんなとき、扉の外の廊下に誰かが通りかかった。たぶん従僕だろう。ウェールズの山里で聞かれるような古い歌を、口笛でふいている。とてもおさえた口笛だった。

ランスロットは首をおこして、耳を澄ませた。そして口笛が聞こえなくなると立ち上がり、毛皮つきの長衣《ガウン》の襟をかき寄せた。城の廊下は、五月の夜でも冷えびえとしているものだ。

「ボールスよ、葡萄酒《ワイン》を飲みほしたまえ。わたしは王妃と話がある」

「わたしの言うことを聞いてくれ。今夜は行くのをよすんだ」

「どうしてだい？」

こうたずねるランスロットの手は、すでに扉の掛け金の上にあった。すかさずボールスはこたえた。

「わたしには恐ろしい予感があるんだ。このところずっと、モルドレッドとアグラヴェインがそなたを見張っている。それも、度がすぎている。あの二人に目をつけられたら、ろくなことはないぞ。今夜は王がいないし、きな臭いにおいがするから……」

「心配には及ばないさ。ほんの少し王妃と話すだけさ。あれ、出かけたのかなとそなたが思うまもなく、帰ってくるよ」

「ならば、神のご加護がありますよう。神よ、何事もなくランスロットをすみやかにお帰しください」

ランスロットは扉の掛け金を上げた。すると、またもや、ボールスがランスロットの名を呼んだ。ランスロットは手をとめた。顔は微笑みながらも、苛立ちの表情が浮かんでいる。

「こんどは何だい?」

「剣を持っていくんだ」

ランスロットは一瞬ためらったが、扉をひらいたままひき返してきて、彫刻つきのたんすの上から大きな剣ジョワイユを手にとった。そしてそれを脇の下にはさむと、毛がふさふさのマントの襞《ひだ》のあいだにくるみながら、扉から出ていった。ランスロットは城の暗々とした通路をいくつもぬけて、王妃の私室までやってきた。

グウィネヴィアの侍女の一人が、待ちうけていたらしくランスロットをなかに入れると、自分はするりと抜け出して、大きな扉を外からしめた。ランスロットは一瞬そこに立ち止まり、扉の掛け金を、鉄でできた受け金にがしゃりと落とした。このようなことを、ランスロットはめったにしたことがなかった。

王妃の私室には、蜜蠟《みつろう》の蠟燭《ろうそく》が燃えていた。そして壁を深くうがった、たて長の窓から、月光が斜めにさしこんでいた。蠟燭《ろうそく》がはなつ杏《あんず》色がかった黄金の光、月光の白いバターのような輝きがまじりあう中で、王妃グウィネヴィアはそっと低い声で——いかにも幸せそうに——鼻歌をうたっている。それはランスロットの部屋の扉の外で聞こえた歌——グウィネヴィアの故郷《ふるさと》の山里で歌われる、あの歌であった。歌いながら、グウィネヴィアは大きな銀の瓶から、黄金の酒杯に葡萄酒《ワイン》を注いでいた。酒杯には、黒っぽい、小粒の川真珠がはめこまれていた。これはとっておきの酒杯だった。もっとも喜ばしい機会、もっとも愛する人のためにのみ、出してくるものだった。ランスロットが入ってくると、グウィネヴィアは目をあげた。そして銀の瓶を窓の下の、美しい絵を描いた小箱の上におくと、酒杯をささげながら、近づいてくるランスロットにむかってにこやかに微笑みかけた。

蠟燭《ろうそく》の明かりと月光が、グウィネヴィアの髪をきらきらと輝かせている。いまグウィネヴィアの髪はほどきはなたれ、肩の上になだらかに流れかかっていた。その髪はランスロットの髪とはちがっていた。ランスロットはわずか二十六歳という若さで、気が触れて荒野の森をさまよったせいで灰色にかわってしまった。またそれは、アーサーの髪のようでもなかった。アーサーの髪は、白っぽく明るい金髪を、灰まみれの指で乱暴に梳《す》いたように見える。グウィネヴィアの髪はあちこちに白い糸が見えはしたものの、それをのぞけば、娘のころと寸分たがうところのない漆黒の髪であった。

「さあ、こちらに座って、召し上がれ」

ランスロットが来た。二人は一つの酒杯から飲んだ。

グウィネヴィアはクッションのついた大きな椅子に座った。ランスロットは絵の描かれてある小箱の端に座った。そうして二人は、まるで若い従者と恋人の小娘よろしく小指をからみ合わせながら、低い声で話すのだった。いまのところ、こうして一緒にいるだけで満ちたりた気持ちになれた。二人ははるか昔から愛し合っていたので、結婚して長い年月をすごした夫婦と同じように感じられることも、ままあったのだ。

ところが、こうして二人きりになってほんのしばらくすると、部屋の外の廊下に、鎧《よろい》をまとった人物が荒々しくもがしゃがしゃと歩きまわる音が聞こえてきた。そして、さらに、扉を乱暴にたたく音がひびき、モルドレッド、アグラヴェインを先頭に、そのほかの者が、城中に聞こえよかしとばかりに叫びはじめた。

「おい、ランスロット、反逆者め。裏切りの現場をおさえたぞ」

ランスロットとグウィネヴィアははじかれたように立ち上がった。そしてグウィネヴィアがささやいた。

「ああ、なんてことでしょう。裏切られたわ」

ランスロットはすばやく周囲に目をやった。

「外の連中は鎧《よろい》を着ている。この部屋にアーサー王の鎧《よろい》はありますか？　もしあれば、ちょっとやそっとでは忘れられないような目にあわせてやるぞ」

グウィネヴィアは首を横にふった。

「ここには鎧《よろい》はないわ。それに武器もない。わたしたち長く愛し合ったけど、これですべておしまいだわ。ああ、こんなひどい最後をむかえようとは」

「いや、わたしにはジョワイユがある」

とランスロットはこたえた。扉のむこうでは、獲物を追いつめた猟犬のような血に飢えた怒鳴り声がこだましているなか、ランスロットはグウィネヴィアをぎゅっと抱きしめて、ただ一度だけ、すばやく、そして情熱的に口づけをした。

「あなたを崇拝する騎士として、ただの一度《ひとたび》も裏切ったことはなかった。もしも殺されたら、わたしの魂のために祈ってください」

こう言うとランスロットは分厚いマントを脱ぎ捨てると、それを左腕にぐるぐると巻きつけた。盾のかわりにするつもりだ。そして剣をさっと抜きはらうと、扉のほうにむかった。

このころになると、外の男たちは重い長椅子を大広間から持ち出してきていた。そしてそれを破城槌《はじようつち》のようにもちいて、扉にどしんどしんと打ちかかるものだから、さしも頑丈な木の扉もがたがた、みしみしと悲鳴をあげはじめた。扉のむこうにむかってランスロットは叫んだ。

「手荒なまねはよせ。わたしが出てゆくぞ」

しかしランスロットは、グウィネヴィアにむかって小声でこうささやくのだった。

「わたしが扉をしめたら、掛け金をしめてください。あまり長くは持ちこたえられないかもしれないからね。それにわたしはほかのことで手一杯だろうから」

やがて、一瞬のあいだ、まにあわせの破城槌《はじようつち》の音がやんだ。ランスロットは扉のすぐ後ろで身がまえた。そして男一人が通れる以上には開かないよう、扉の後ろに左足をしっかりと踏んばった。こうして準備がととのうと、ランスロットは手に剣をかまえて、掛け金をさっとはずした。扉がはじかれたように開き、ランスロットの足にぶちあたった。そしてすきまから、アグラヴェインが矢のように飛び込んできた。ランスロットは扉を押しもどして閉めると、つっぱりよろしく扉をおさえた。いっぽう王妃は、大あわてにあわてながら、外の騎士たちをものともせず、これでもかとばかりに掛け金を受け金にたたきつけた。

アグラヴェインはとっかんの声をあげると、部屋の中をぐるぐるとまわりながら、ランスロットにむけて渾身の一撃をみまおうとした。ところがランスロットは鎧《よろい》のないだけ身軽で、横っとびでやすやすと難をのがれた。ただ、わずかに、マントを巻きつけた左腕に敵の剣がかすったばかりであった。そして敵が態勢をととのえる暇《いとま》もあらばこそ、ランスロットは相手の首の横に一撃をくわえた。一瞬にして敵は倒れた。頭が半分肩から離れている。

ランスロットが叫ぶ。

「さあ、大急ぎで手伝ってくれ」

扉ががたがたと揺れ、掛け金がぎしぎしと音をたてた。そして外では血に飢えた猟犬のような怒号がふたたびあがるなかで、

「裏切り者！　王妃の部屋から出てこい！」

といういうモルドレッドの金切り声が、他を圧っせんばかりに響きわたった。

いっぽう部屋の中では、ランスロットとグウィネヴィアは、まるで気が触れたような必死の形相で、騎士の死骸《むくろ》から鎧《よろい》をはぎとっていた。そしてランスロットは、もっとも役にたちそうで、しかももっともすばやく身につけられるもの——鎖よろいの上衣と兜《かぶと》など——をまとった。そしてアグラヴェインの盾をひろいあげた。

「裏切り者！　出てきて勝負しろ」

「騒ぐな。いま出てゆくぞ」

とランスロットは叫びかえした。

「それからモルドレッドよ、悪いことは言わぬ。わたしが出る前に、とっとと尻尾を巻いて逃げるんだな」

こう言うと、ランスロットは掛け金をはずし、まるで投げるように扉をあけ放つと、敵のあいだにずかずかと歩いていった。つぎの瞬間、細い廊下、それから王妃の私室の扉のむかいにある階段のいただきの付近で、剣の刃《やいば》がひらりと燦《きらめ》き、ぐしゃんと鳴った。王妃の部屋の蠟燭《ろうそく》が暗闇に光をなげかけている。そんなかすかな明かりのもと、湖のランスロットの刃《やいば》を前にして、騎士たちはつぎつぎと倒れていった。すでに倒れた仲間の死骸に足をとられ、そのまま息たえる者もいた。階段のいただきからあおむけに倒れ、闇の中に消えてゆく者もあった。こうしてついに、モルドレッドとアグラヴェインにつき従ってきた十二人の騎士たちはすべて死んでしまった。王妃の部屋には無惨なアグラヴェインの死骸があった。そしてモルドレッドは腕から血をしたたらせながら、夜の闇の中に姿を消した。

ランスロットはグウィネヴィアの部屋へとひき返していった。グウィネヴィアは、そこに呆然と立っていた。まるで墓の上にのせる、石で彫刻された王妃の像のようであった。

「わたしと一緒にいらっしゃい」

と、ランスロットがさそう。

しかしグウィネヴィアは、真っ白な唇をほとんど動かしもせずにこうこたえるのだった。

「いいえ。わたしはアーサー王の妻です。ここにとどまって、王妃の役目をつとめなければ。それでなくても、なんてひどいありさまでしょう。今晩はこれでもう十分です」

ランスロットはさらに一瞬のあいだそこに立っていた。そして激しく息をつき、手首にくらった傷をおさえながら、グウィネヴィアの顔をじっと見つめた。そしてこう言うのだった。

「ええ、決めるのはあなたです。もしもこのことであなたに危険が及んだら、よいですか、ボールスとライオナル、それから弟のエクトルがあなたの味方になってくれるでしょう。それにもしも生きていたなら、わたしもきっともどってくる」

ランスロットはよろめく足で闇の中——扉のむこうの地獄のような光景の中へと出ていった。

ランスロットは誰にも姿を見られることなく、自分の部屋にたどりつくことができた。そこではなおもボールスが、ランスロットの帰りを待っていた。

「だから言ったことじゃない」

アグラヴェインの鎧《よろい》をまとった男が誰だかわかると、まっさきにボールスの口をついて出てきたのは、このような言葉だった。

ランスロットの喉《のど》もとまで、こんな返事がこみ上げてきた。

「ああ、そうさ。君の言うとおりだった。君の言うことはいつも正しいよ。まさに君のそんなところが嫌なのさ！」

しかし、そんなことを言っている暇《ひま》はなかった。ランスロットはできるだけ手短かに起きたことを話した。そうして話しながらも、ランスロットはそれまで着ていた兜《かぶと》と盾を投げすて、自分のものをひったくった。

「わたしがもどるまで、君とライオナルとエクトルとで王妃をささえてくれ」

と言いながら、ランスロットはジョワイユを剣帯につける。

「法のもとで、まるまる七日間は、王妃に害がおよぶことはないはずだ」

「そなたはどこに行くのだ？」

「《喜びの城》にもどって、家来たちを連れてくる」

ランスロットとボールスは互いにじっと見つめ合った。どちらの目にもやるせない気持ちがあふれている。こうして二人は別れた。

その夜、まるで幽霊の狩猟に追われるかのように、月光に照らされた夜の闇をつきながら、必死に馬を駆る男が二人いた。一人はランスロット。一路《喜びの城》をめざしながら、ウェールズの丘の通いなれた街道を、北にむかって駆けてゆく。そしてもう一人の男はモルドレッド。ぐっしょりと血を吸った麻布に腕をくるみ、アーサー王の狩猟キャンプをめざしているのだった。

灰色の夜明けとなり、雄鶏が時をつくるころになって、モルドレッドはキャンプについた。アーサー王はすでに起きていた。両手で頭をかかえながら、樹の切株に腰をおろしている。夜もすがらまったく眠ることができなかったらしく、やつれた顔をしている。そして両の眼のふちは真っ赤であった。

「あそこで、あいつを見つけました」

モルドレッドが言った。そして、アグラヴェインの討死にはじまって、王妃の部屋の扉の外でおきた争いの一部始終を話してきかせるのだった。

「ランスロットは、ならぶものなき騎士だと言ったろう。おお、なんと悲しい運命なんだ。いまやランスロットがわたしの敵になってしまった。もう何十年も最愛の友人だったのに。これで円卓はまっぷたつに裂けてしまった。わたしのいちばんすぐれた騎士たちの多くは、ランスロットの側につくだろう。それに、また、王妃は死なねばならない。わたしの名誉を優しく気づかってくれたおまえに、感謝しなければならないのだろうな、わが息子モルドレッドよ」

アーサー王はこう言うと、ふたたび首を垂れて、両手の中につつんだ。そして耐えがたい苦痛にさいなまれるかのように、身を揺すらせた。しかし、つぎの瞬間、はじかれたように立ち上がると、馬をもて、鎧《よろい》をもてと叫んだ。そして、ただちにカールレオン城に帰る、キャンプをかたづけよと命じるのだった。

こうして、カールレオンでは、騎士の面々が招集され、大司教の臨席をあおぎながら、書記たちが記録をとるペンのきしみが聞こえるほどの静寂のなかで、法にのっとった裁きが決定された。すなわち法にもとる二人の情交、アグラヴェインおよび十二名の騎士の殺害のかどで、ランスロットは捕えしだい斬首《ざんしゅ》の刑に、そして王妃は火柱《かちゅう》に縛って焚刑《ふんけい》に処せられるべきこととなったのだ。

ガウェインはあらんかぎりの方策をもちいて、二人のために赦免《しゃめん》を得ようとしたが、そのような努力はまったく実をむすばなかった。

「なにとぞ、即断はおつつしみください」

と、ガウェインは酒と古傷の影響でなおもがんがんと鳴っている頭をかかえながら、けんめいに説くのだった。

「たしかにランスロットは、王妃さまの部屋にいるところを見つかったかもしれません。しかし王妃さまが誓って申されるように、メリアグランスの手中から救ってもらった時の礼をまだ十分に述べていないことにふと気づいたので、ランスロットを呼んだのだというので、どうしていけないのでしょう？」

「あれから一年もたっているではないか」

アーサー王はこう言いながら、自分の甥にあたるガウェインの目をまっすぐに見つめた。心の奥深くで、アーサーは叫んでいた。

「そなたは、なぜ二人に警告しなかったのだ？　いったいなぜ、警告することができなかったのだ？」

しかし、アーサー王の口から出てきたのは、氷のような言葉だった。

「いや、ならぬ。二人は法の命ずるところにしたがって、罰せられねばならない」

「ならば、刑の執行まで、しばし猶予をくださいませ」

「宣告がなされてから、七日目の朝まで、刑は執行されない。しかし、それ以後は一日たりとも猶予はならぬ。これは王妃の場合だ。ランスロットについては、捕えしだい刑に処す」

しかし、じつのところ、アーサーにはそれ以上刑を延期する勇気がなかったのだ。刑を延期することで、心が弱くなるかもしれない。アーサーは、いままで、ブリテンの島に法による統治を実現しようとけんめいにつとめてきた。いま情に流されれば、そんな生涯の努力が水泡に帰することになるだろう。そのような事態はなんとしても避けなければならないのだ。

「では、そんな光景をこの目で見るようなはめになりませんよう、神さまおはからいください」

「なぜだ？　そなたがランスロットなり王妃なりを愛する、どんな理由があるというのだ？　ランスロットは王妃のために、そなたの弟アグラヴェインを殺したではないか」

ガウェインは畔《あぜ》をたがやす雄牛のように、肩を丸め、あくまでも頑固に言葉をかえすのだった。

「弟のアグラヴェインらには、いやというほど忠告しました。あんな調子でいるとどんな最後をむかえるか、わたしにはよくわかっていたのです。それにあいつらは十四人でもって、一人のランスロットに襲いかかったのです。とうていフェアな戦いではありません。アグラヴェインの仇《かたき》討ちをしようなど、とんでもありません」

しかしアーサー王は、罪の宣告を変えることはなかった。

刻一刻と時間がすぎていった。そして王妃の処刑の日がついに翌日にせまった。

アーサー王は城の上層にある王の執務室にガウェインを呼んだ。ガウェインが行くと、アーサー王は檻《おり》の中の野獣《けもの》のように、部屋を行ったり来たりしていた。そして王はガウェインにむかって、いちばん立派な鎧《よろい》を用意するよう命じた。王妃グウィネヴィアを火刑の柱のところまで護送するのを、指揮させようというわけであった。

「ランスロットがいなくなったからには、そなたが円卓の筆頭騎士なのだ。だから、それはそなたの役目なのだ」

「でも、叔父さまにして、わが王なるアーサーさま、そんなこと、わたしは引き受けるつもりはありません。グウィネヴィアさまが死ぬのをこの目で見ることなど、わたしにはとてもできません。それに、グウィネヴィアさまを処刑する合議にわたしもあずかったなどとは、人に言われたくもありません」

アーサー王はガウェインの顔をじっと眺めた。ガウェインはてこでも動かないだろう。それよりはみずからの死を選ぶだろう……　ガウェインの顔にかたい決意を読みとったアーサーは、ガヘリスとガレスを呼んで、同じ命令をあたえた。

「二人で護送の指揮をとるのだ。ランスロットが王妃の救出にくるという事態にそなえて、二人で力をあわせて王妃をしっかりと守るのだ」

アーサーの心の奥底には、一人の男の悲痛な声が響いていた。

「ランスロットが、きっとグウィネヴィアを救ってくれるはずだ。まちがいない」

しかし、それと同時に、それを打ち消すような別の声も聞こえてくるのだった。

「そんなことがあってはならない。もしもランスロットが王妃を救ってぶじに連れ去ったなら、ブリテン島は内乱に割れてしまう」

このような二つの声によって、アーサーは自分自身の身が二つに引き裂かれてしまったように感じるのであった。

二人の騎士は、愕然《がくぜん》としてアーサー王を見つめた。そしてガレスが言った。

「わたしはサー・ランスロットに騎士にしてもらったのです」

ついでガヘリスも叫んだ。

「わたしはサー・ランスロットによって、タークウィンの手から救ってもらいました。サー・ランスロットはいつもわたしに親切にしてくださいました」

「そうではあっても、そなたらは王の命令に従わねばならんのだ」

言葉が喉《のど》につかえるように感じながらも、アーサーは厳しい声で言いわたした。

二人は身をこわばらせてアーサー王の前に立った。ガレスは、まるで自分が死刑の宣告を受けたかのように、真っ青であった。しかし二人はブリテン大王に忠誠を誓った、忠実な家臣であった。それに服従と規律の習慣は、兄のガウェインにあってはそれほど強固ではなかったが、この二人には、からだの芯にまで染みついていた。そんなわけで、ついに、ガレスはこうこたえるのであった。

「それが王さまのご結論ということであるなら、わたしたちはご命令に従うしかありません。とはいえ、われわれはサー・ランスロットにむかって武器をふりあげることはできかねます。ですから、武器をおびずにまいります。また、鎧《よろい》ではなく、喪の衣装をまとってまいりましょう。そのほうが、きっと、最後までわれわれが王妃さまをお慕《した》い申し上げていることを、おわかりになっていただけましょう」

「わたしも弟と同じ考えです」

と、ガヘリスも言うのだった。

「では、神の御名《みな》において、さっさと準備にかかるのだ。どんないでたちでもよいから、とにかく出てくるのだぞ」

ほとんど悲鳴のようにアーサーは叫んだ。

ガウェインは赤い鬚《ひげ》に涙をぽたぽたと垂らしながら、

「おお、なんと悲しいことだろう。こんな日に、生きてめぐりあわねばならぬとは！」

と叫ぶと、くるりと背をむけて、よろめく足で自分の部屋にむかった。そして二人の弟も、その後を追っていった。

そしてアーサー王は、檻《おり》の中の野獣《けもの》のように、部屋のなかをふたたび行きつもどりつしはじめるのであった。

つぎの日の朝、王妃は城壁の外の広場に引かれていった。そこにはすでに罪人《つみびと》の到来をまちわびるかのように、火刑のための柱がたてられ、またその足もとには、刈り枝がつまれていた。グウィネヴィアは王妃の衣装をすべて剝《は》ぎとられていたので、白い下着のままそこに立った。

司祭が呼ばれてきた。そしてグウィネヴィアの懺悔を聴き、罪の赦《ゆる》しを宣言した。

これがすむとグウィネヴィアは柱のところまで引き立てられ、たきぎの上にのせられ、人々の頭よりなおも高い位置に縛りつけられた。見物に集まってきた大勢の人々――悲しみにうち沈む者も、勝利におごる者も――ひとしく、後ろにさがった。王妃のすぐ近くに残ったのは護衛の兵だけであった。そのなかには、ガヘリスとガレスの、真っ黒なマントを深々とまとった姿もあった。

こんな場面を、アーサー王は城の上層の、大きな窓からじっと見下ろしていた。まるで自分が火刑の柱に縛りつけられたかのように、身体を硬くこわばらせ、身じろぎひとつしない。だから、兵に引かれる王妃の姿が城から出てきた瞬間に、真正面にそびえる古い教会の塔から光の瞬《まばた》きがピカピカピカと三度《みたび》くりかえされたことにも、アーサー王は気づくことがなかった。アーサー王の視線は、目の下の空間でくりひろげられている場面にくぎづけになっていたのだ。

さきほどから重苦しい沈黙が群衆の上におおいかぶさり、あたりは水を打ったように静まっている。死刑を執行する役人の手には、すでに火のついた松明《たいまつ》があった。しかしアーサー王は、じっと耳を澄ませながら、何かが聞こえてくるのを待っていた。胸が痛いほど気をはりつめて、ただひたすら待っている。息すらもとまってしまうのではないか……そう感じられるほど、アーサーは緊張していた。そして……ついに、それが聞こえてきた。かつかつかつ……馬の蹄《ひづめ》が地面を蹴る音だ。それはまだ遠くにあった。しかし全速で駆けてくるらしく、みるみる近づいてきた。

道々ひんぱんに馬を替《か》えながら、昼に夜をついでランスロットは駆けてきた。《喜びの城》から、家来の騎士たちをしたがえながら駆けてきた。

ランスロットだ！　誰もがそう思った。涙を流している小姓の少年も、松明《たいまつ》を持つ手をはたととどめた処刑の役人も、城の窓から見ているアーサー王も、そして火刑の柱に縛られた王妃グウィネヴィアも——かすかな蹄《ひづめ》の音を聞いただけで、それがランスロットだとわかった。やがて、ぴかぴかの鋭利な矢じりさながら、緊密にかたまった騎馬の男たちが、家々のあいだの細い道から、人の群がった広場に飛び出してきた。

ランスロットと家来たちは森の中で前夜をすごした。しかし仲間の一人が大きなマントに身をくるんで、城市《まち》に入り込み、教会の尖塔にのぼって見張りをはじめた。王妃が引き立てられて城壁から出てきたら、その瞬間に、盾で太陽の光を反射させて合図することになっていた。

矢じりのような一団は、早朝の陽光に鎧《よろい》や武器をきらきらと輝かせながら、群衆の中に飛び込み、通りぬけた。そして悲鳴や叫び声、刃《やいば》と刃《やいば》がぶつかり合い、馬の蹄《ひづめ》がぎしぎしと石畳を踏む音が、さながら寄せては返す磯波のとどろきのように、大窓のところに立っているアーサーの耳にまで響いてきた。アーサーの目の下で、たきぎを中心にして、戦いが渦巻いていた。距離があるので小さくしか見えない。しかし、恐ろしい戦いであった。処刑のための松明《たいまつ》は地面に落ちたところを、蹄《ひづめ》の下に踏みにじられ、火が消えた。アーサーの目には、ランスロットの剣がはげしく上下するのが見えた。ランスロットは相手かまわず、ただもうやみくもに剣をふるいながら、人をかきわけかきわけ、馬をたきぎのところにまで進めた。そして、またもや、愛剣ジョワイユの刃《やいば》がきらりと輝いた。こんどはグウィネヴィアを火刑柱にしばりつけている縄を断ち切ったのだ。はるか下で、王妃が愛する人物にむかって、白い両腕をさし出すのが見えた。ランスロットが鞍にのったままぐいと手をのばし、黒いマントを王妃に投げたのだ。なんてランスロットらしいのだろうと、アーサー王は思った。ランスロットは、王妃が衣装を剝《は》ぎとられ、下着姿で出てくることを予想して、女性用のマントをたずさえてくることをちゃんと忘れなかった。つぎの瞬間、ランスロットは、積まれた刈り枝の山にうもれた足台から王妃をかかえおろし、そのまま鞍の前の部分にのせた。そうして王妃の身体をしっかりと抱きよせながら、馬の首をぐるりとめぐらせた。そして家来たちにぴったりと囲まれ、攻め手の人垣を斬《き》りひらきながら、逃れていった。

これですべてが終わった。蹄《ひづめ》の響きが遠くへ、遠くへと去ってゆく。誰も後を追わない。

城壁の下の広場では、大勢の人々が大混乱におちいっていた。そしてついに火の点《つ》けられることのなかった火刑柱のまわりには、踏みあらされ、血糊で真っ赤にそまった地面の上に、兵士たちの死骸が累々《るいるい》と重なっていた。しかし大王アーサーは、あいかわらず、まるで囚《とら》われ人のように大窓の中に立ちつくしていた。アーサーの心はまっぷたつに引き裂かれていた。いまからブリテン島がどんなありさまになり果てるのか、アーサーはマーリンの予言によって知っていた。しかし、そのような国の行く末に絶望しながらも、ランスロットがグウィネヴィアを救ってくれたことで――吐き気を感じながらも――安堵に胸をなでおろしてもいたのだ。

暗黒の闇がアーサーと下の広場のあいだ——アーサーと現実の世界とのあいだに広がった。そうしてしばらくのあいだ、目の前が真っ暗になった。現実がまたもどってきたとき、アーサーはあいかわらず大窓の中に立っていた。しかしアーサーは窓を上下に仕切る石枠にしがみつきながら、手に、うつむいた額を押しあてていた。そこに、ひどくあわてた足音が、よろめき、つまずきながら階段をかけあがり、部屋に入ってきた。アーサーはぴんと身体をのばし、窓から離れた。そしてふりかえって見ると、目の前にガウェインが立っていた。恐ろしく青ざめた顔で、目だけがぎらぎらと燃えている。

ガウェインは喉《のど》に言葉をつまらせながら、こう言った。

「ガレスとガヘリスが、あいつに殺された」

「誰のことだ？」

アーサーは返した。頭が芯から麻痺したように感じられ、どうにも働いてくれない。

「ランスロットですよ。ガレスとガヘリスがランスロットに殺されたんだ。二人とも頭をまっぷたつに割られて、処刑台の下にころがっている……」

アーサー王は首を横にふった。そんなことは信じられなかった。これは何かのまちがいにちがいない。

「ガレスではないだろう。ガヘリスでもなかろう。ランスロットは円卓の騎士の中で、そなた――それから、わたしのつぎに好きだったのが、ガレスだった」

「二人は頭をまっぷたつに割られて、あそこにころがっている…」

ガウェインはくりかえした。まるでこの言葉を吐き出すための息も、容易には出てこないように見えた。

「ランスロットが、鎧《よろい》も武器も持たない二人を殺したんだ」

アーサー王はすぐさま言葉をついだ。

「鎧《よろい》をまとわず、黒のフード付きマントを着ていたのだ。あの二人だとは、わかりようもなかったのだろう」

「ガレスはほかの騎士たちより頭半分背が高い。のっぽだというだけでも、ガレスだとわからない者などいやしない…　わたしはアグラヴェインのために復讐しようとは思わない。だが、ガヘリスとガレスのために、わたしは復讐を誓う。この誓いは、絶対に撤回しないぞ！　ランスロットか――それともわたしのこの身体に命が宿っているかぎり」

こう言うと、ガウェインは長椅子の上に身を投げだしたかと思うと、頭を両腕にうずめて、あえぎながら、悲痛きわまりない声で泣きだした。二人の弟たちが殺されたことも、もちろん悲しかったが、それよりも、自分とランスロットとの長い友情が、いまや憎しみに変わってしまったことが、悲しさを二倍、三倍にも増したのだ。

誰に気づかれることもなく、部屋のかたすみにモルドレッドがいた。モルドレッドはガウェインの後ろについて上がってきた。三角巾につった腕をさすりながら、モルドレッドは立っている。そしてにやりと、人知れぬ微笑みを顔にうかべるのだった。まるで自分のみごとな手並《てなみ》に感じいる職人のようであった。

第5章　二つの城

ランスロットは山々のはざまをぬけて、王妃グウィネヴィアを《喜びの城》へと連れていった。そして城につくと、アーサーの王妃にふさわしく礼をつくして遇した。《喜びの城》についたランスロットのもとに、腹違いの弟である《沼のエクトル》、また従弟《いとこ》にあたるボールス、ライオナルの兄弟をはじめとして多数の騎士たち――円卓の騎士の半分以上が、ランスロットと王妃のために駆けつけてきた。

アーサー王は、内心、このような状態でしばらく事を静観したい気持ちでいっぱいであった。そのあいだにたぎった血もおさまるだろう、時がたつとともに、いまの事態のよい局面と悪い局面がおのずからはっきりと色分けされてくるだろうと、アーサーは思った。しかし、なおもアーサーに従っていた騎士たち――そのなかでもとくにガウェイン――が、ランスロットは王妃を奪った憎い敵だ、いかなる者であれ、領内にあって王にたてつく者には戦さをしかけなければならないのだと言いながら、夜となく昼となくアーサーに迫るのだった。このようなしだいで、ついに、大王アーサーはすべての配下の家来にむかって招集をかけ、《喜びの城》をめざして進軍をはじめないではいられなくなった。

ランスロットはこんな王軍の噂を耳にした。自分を憎く思っているのは、王というよりガウェインの方だろうということは、ランスロットは百も承知であった。というのも、ボールスらは、ランスロットがガヘリスとガレスを殺してしまったことを告げ、どんな結果が予想されるか、ランスロットに話して聞かせたからである。ランスロットはとても辛い思いで、この話をきいた。あの二人を害《そこ》なうぐらいなら、ランスロットは自分の右手を切り落とす方を選んだはずなのだ。しかし火刑の柱の周囲は、ひどい大混戦だった。だから、とてもではないが、波のうねりのようにおしよせてくる騎士や兵士の中から、二人の武装していない人物だけを選び出している暇《ひま》などなかった。またふり上げた剣がどこに落ちるかを考えている余裕もなければ、黒のマントを着た人物の一人が、そのほかの者たちより長身であることに気づくことも不可能であった。剣で斬《き》り進んで、王妃のところまで達するのだ――ランスロットの頭にはこの一事《いちじ》しかなかった。それ以外のことを考える時間も、心の余裕もなかった。しかし、ランスロットが、円卓の騎士たちの中で、ガウェインとアーサーのつぎにガレスを愛したというのは事実であった。だから、自分の手で二人を殺してしまったことを知ると、ランスロットは胸から血が吹き出すように感じられた。こうして、いまや、ランスロットとガウェインのあいだに復讐劇の種が蒔《ま》かれてしまった。そのことに対する悲しみも、ランスロットの胸をえぐった。しかし、ランスロット討伐をかかげた王軍が北進をつづけているいま、すでに起きてしまったことを嘆いている暇《ひま》はなかった。

ランスロットは自分の家来たちを呼び集め、さらに城門の外の、谷や村に住む人々を、家畜もろとも城の中に呼びいれて、城壁の内《なか》にしっかりとかくまった。そして考えうるかぎりあらゆる面で、戦さの準備をととのえた。そうして、いよいよアーサー王がやってきた。そして《喜びの城》の城壁のすぐそばに戦陣をはった。そのため、城をとりまく谷のいたるところに、アーサー王にしたがう貴族や騎士たちの戦旗がひしめいた。こうして、アーサーによる《喜びの城》の包囲攻撃がはじまった。

十五週間のあいだ包囲がつづいた。そのあいだに夏がすぎ、谷底の平野にならんだ畑は、真っ白な大麦の穂、黄金色の小麦の穂によってみごとに色づいた。いまは刈りとられたばかりの麦の束が、牛に牽《ひ》かれた大きな荷車によってはこびこまれていなければならない時期であった。しかし王の軍の馬が、畑をすっかり踏みあらしてしまった。とはいえ、城はいまだ安泰であった。城壁の防御はかたく、兵も十分におり、しかも糧食もたっぷりと蓄えられてあった。そのため、いまのこの時点になっても、いまだ陥落からほど遠いことは、包囲のはじまった最初の日とまったくかわりがなかった。

こうして秋がすぐそこまで近づいたある日のこと、ランスロットは城壁の上に立った。そして、大きな戦馬《いくさうま》にまたがって城壁と陣営のあいだまで出てきたアーサー王とガウェインを、真下に見下ろしながら話しかけた。

「お二方に申しあげる。このような包囲戦をつづけても、どんな栄誉も手にいれることはできませんぞ。そなたらはずいぶん長いあいだここに居すわっているが、今後も《喜びの城》を奪《と》ることなどできません」

するとが、こんな言葉をかえした。

「そなたも、城壁の後ろにこそこそと隠れていても、どんな栄誉も得られないぞ。いさぎよく出てくるのだ。そしてわたしと一騎討をして、この争いに決着をつけようではないか。ほかには誰も連れてこないと、誓おう」

アーサー王との一騎討――それはランスロットがもっとも恐れていたことであった。これまでずっと城の中にひそんでいた主たる理由は、まさにこれであった。

「キリスト教を奉じる世の国々でもっとも高貴な王さまと剣をまじえるなど、とんでもないことです。しかもあなたは、わたしが忠誠を誓い、騎士に叙していただいた王さまなのですよ」

「きれいごとを口にするのはよせ」

アーサー王は叫びかえした。もはやアーサーは、心の悲しみにわれを忘れていた。そして、この悲しみにたえようとするなら、それを怒りに変えるしかなかった。

「よいか、言っておくぞ。よく心せよ。わたしはそなたの敵だ。和睦することは、もはやない。そなたはわが騎士を大勢殺したうえに、王妃をさらい、それによって円卓の騎士団、それにログレスの王国を分裂させてしまったのだ」

「騎士を殺したということについては、残念ですが、返す言葉もありません。なかでも、わたしにとってとても親しい友人だった者たちまで殺してしまった。この悲しみは、生涯わが心に重くのしかかりましょう。しかし、それは、あなたが火刑を宣告した王妃のお命を救うためだったのです。わたしが王妃さまを連れ去ったのは、火刑の運命からお救いしたかっただけのことです。あなたのもとからさらってきたというわけではありません。これまでもさまざまの危難から王妃をお救いしたことがありました。それと同じことです。そして、これまでは、あなたがたお二人から感謝の言葉をいただいたではありませんか？」

こう言うと、ランスロットはさらに欄干の上に身をのりだして、質問の矢を王にむかって投げかけた。

「王さま、ご自分の心の中に目をお向けください。あなたは王妃さまを死なせることをほんとうにお望みになっていたのですか？」

「だまれ、裏切り者。貴様《きさま》のそのようなまやかしの言葉など、聞く耳をもたぬわ」

アーサーの答える暇《いとま》もあらばこそ、その前に、憤怒の鬼と化し、はんぶん気の狂ったガウェインが怒鳴った。

「真実をねじ曲げるのはよすんだ。おまえと王妃のあいだにどんな恥ずべきことがあったか、知らぬ者はないぞ」

ランスロットは、ライオンの咆哮《ほうこう》のような叫びをあげた。

「では、そなた、王妃が罪をおかしたと言うのか？」

「いや。わたしは王妃には罪を着せない。罪があるのは、おまえだ。おまえは忠誠を誓った王を裏切ったのだ」

「運のよいやつめ。わたしは王妃の名誉を汚すような者がいたら、王さまをのぞいて、どんな男とでも戦うのだ。よいか、ガウェイン、わたしを敵にまわしたらどんな目にあうか、覚悟しておけよ」

ランスロットは激しい調子で言いはなつと、くるりと背をむけて、城壁の階段をおりていった。ランスロットの背にむかって、ガウェインの口から侮辱の言葉が飛んできた。はるか昔から親友だった男の、そんな別れ際の一言《ひとこと》が、ランスロットの耳のなかでしつこく響いた。

アーサーは馬の首をめぐらすと、黙りこくったまま、自軍の陣営に帰っていった。王の心の中には、ランスロットから放たれた「あなたは王妃を死なせることをほんとうにお望みになっていたのですか？」という質問が、いつまでもこだましていた。そんな王のすぐわきで、口をきわめて罵《ののし》りながら、なかばすすり泣きながら、ガウェインが馬を進めるのであった。

城の中では、ボールス、ライオナル、エクトルをはじめとする騎士たちがランスロットにつめよっていた。

「いまこそ戦いの時です。ランスロットさま、われらは、あなたを愛し敬っていますから、お気持ちはよくわかっているつもりです。あなたがこんなにも長く城壁の内《なか》にこもっていたのは、王さまを愛するがゆえに、何とか和睦できないものかと願ってのことです。しかし王さまが、あなたと和睦することはありません。ガウェインが王さまの後ろだてとなっているあいだは、そんな見込みはありません。ですから、今日あれほどの侮蔑を投げつけられながら、これ以上城壁の内《なか》にこもりつづけていては、われらほどあなたのことを知らない者にとっては、あなたがおじけづいたのでは、と思ってしまいます。いまこそ戦うのです！　あなたの名誉を守るのです。われらはあなたの手となり、足となりましょう！」

騎士たちが真実をついていることが、ランスロットにはわかっていた。また、実った穀物があのようにだいなしにされ、刈りとられないで放置されたままでは、いずれ早いうちに城内の兵糧《ひょうりょう》が底をつくことも、明らかであった。

このようなわけで、つぎの朝、城の門という門、すべての出撃口が開けはなたれ、戦闘ラッパが鳴りひびく中、槍穂の先に色とりどりの軍旗をはためかせながら、ランスロットに導かれた騎士、従者、雑兵《ぞうひょう》たちが打って出た。

するとアーサー王の陣からもかすれたラッパの音《ね》が響き、これにこたえた。まさに夜明けどきに、軍鶏《しゃも》が敵にむかって挑みの声を放つのに似ていた。

アーサー王と騎士たちが出てきて、敵をむかえうった。さながら二つの大波のように、両軍はうねり、そして衝突した。こうして城のすそに広がる草原では戦いが渦をまき、地がとどろいた。晩夏らしい土埃《つちぼこり》がもうもうと舞い上がり、大気をくもらせた。

戦いは終日つづいた。

熱く燃えた戦いのさなか、ガウェインがランスロットの姿を求めるうちにライオナルに行きあたり、相手の身体を剣で刺しつらぬいた。ライオナルは息たえて鞍から落ちた。こんなありさまを目撃したボールスは、弟の仇《かたき》を討ってみせんとばかりに、猛然と斬《き》りかかってガウェインを落馬させ、そうして、ついにアーサーその人と、一対一で向き合った。剣と剣が、柄《つか》のところでがっしりと組み合った。二人は、ほんの数瞬のあいだ、汗を垂らし、力のかぎり押しながら――静止した。まわりでは人と馬が波濤《はとう》のようにうねり、とよもしている。二人は、そんなごうごうたる渦巻の中心の静止点になったかのようであった。やがてボールスは自分の剣をふりほどき、アーサー王にはげしい一撃をみまった。王は馬の蹄《ひづめ》が錯綜《さくそう》する、血まみれの地面の上にころげ落ちた。ボールスははじかれたように鞍からおりると、アーサー王の上に剣をふりかざした。必死で戦う人と馬の流れに、小さなすきまができた。そして、そこに、ランスロットがいた。

ボールスがランスロットにむかって叫ぶ。

「この戦いに決着をつけようか？」

「そんなかたちでは、だめだ。さもないと、そなたの首が落ちるぞ」

ランスロットは厳しい声でかえした。

「わたしがそばにいながら、忠誠を誓った王が殺されたり、辱《はずかし》めをうけたりなど、させるものか」

こう言うと、ランスロットも馬をおりた。するとボールスはなおも剣を手に持ったままで、後ろにさがった。ランスロットは手をかして、アーサー王を立たせた。そして鼻をならし足踏みをしている馬の鞍の上に、自分の膝を踏み台にして、アーサー王をもう一度のらせた。

「誰よりもお慕《した》いする王さま、心の底からのお願いです。この争いを終わらせてください。王妃さまを連れてお帰りください。愛し、貴《たっと》びながら王妃さまをお迎えください。そしてこれ以上王妃さまに害の及ばぬよう、おはからいください。わたしは《狭い海》をわたって、ベンウィックの国に帰りましょう。そしてこちらにはふたたびもどりますまい。しかし、王さまがわたしを必要となさる時には、ぜがひでも駆けつけてまいりましょう」

「しかし法の定めるところでは…」

と言いながら、馬上のアーサーは首をうなだれた。

「王妃は法をこえることはできないのだ。どんな貧しい女ともかわることなく…」

「そのことを、王さまはすでにお示しになりました。しかし、慈悲は法をこえるものです。王さまはどんな貧しい女にも、慈悲をおかけになることができましょう。同じことです。王妃さまに慈悲をおかけになることはできないのでしょうか?」

アーサーははっとしたように、鐙《あぶみ》のわきに立っている騎士の、憔悴《しょうすい》した醜い顔をのぞきこんだ。すると、かつて抱いていた、この男と、グウィネヴィアをいとおしむ気持ちが、まるで大波のように、アーサーの胸の中に満ちてきた。そして、肋骨がやぶれ、胸が破裂するのではないかと感じられるほどになった。

「明日の朝、王妃を連れてきてくれ。名誉をもって迎えいれ、ふたたびわたしのわきの席にもどってもらおう。また、長年にわたって愛してきた、そのままの愛をささげよう」

ガウェインは、すでに、傷の手当をするために、戦場からはこび去られていた。このようにして、休戦のとりきめがさだまり、それぞれの軍が自陣へとさがっていった。

その直後……

ランスロットは、今日ばかりは、鎧《よろい》を脱いで、汗と血を洗いながすまもおしみながら、戦場からまっすぐグウィネヴィアの部屋へとむかった。

「戦いは終わったのですか？」

グウィネヴィアがたずねた。どんな光景がくりひろげられているのだろうと思うだけでも恐ろしく、城壁にのぼって戦さの模様を眺める気にはとてもなれなかったのだ。

「戦いは終わりました。終わらねばならないのです」

ランスロットは沈んだ調子でこたえる。

「ライオナルがガウェインに殺されました。ほかにも大勢の立派な騎士が殺されました。ボールスが、わたしのために、王を殺そうとしました。しかし、わたしがその手をとめました」

グウィネヴィアはランスロットの顔をじっとのぞきこんだ。そしてランスロットの顔に浮かんでいる表情を見ると、あっと小さな悲鳴をあげ、ランスロットにむかって両腕をさしだした。

しかしランスロットはあとずさりした。

「お待ちください。わたしはまだ戦さの垢《あか》と埃《ほこり》にまみれています」

「あなたは、いったい、ほんとうは何を言いにきたのです？」

グウィネヴィアはこう言いながら、手で合図して、お付きの侍女を部屋から出した。

ランスロットは、自分とアーサー王のあいだで起きたことを話した。

グウィネヴィアは黙ったまま聞いた。そしてランスロットの話が終わると、そくざに、

「わたしには手袋、あなたには剣というわけですね。あなた、トリスタンとイズーのお話を憶えていらっしゃるわね？」

と言った。そして、さらにこうきくのだった。

「もしもわたしが嫌《いや》だといったら、どうなるのです？」

「あなたは、帰らなくてはならない。言ったでしょう？　ボールスはわれわれのために王を殺そうとしたのだ。あなたが王のもとに帰り、昔どおりの場所におさまり、そしてわたしがベンウィックに帰れば、それによって、円卓を引き裂き、ログレスの国そのものの存亡を脅かしている傷が癒えるかもしれないのです」

「そしてわたしたちは、もう二度と会わないのですね」

「そしてわたしたちは、もう二度と会わないのです」

「神さま、どうかわたしたち二人をおささえください。きっと、わたしたち、神さまにすがらないではいられなくなりますわ」

グウィネヴィアはこう言うと、ランスロットにぴたりと寄りそった。薄い生地の長衣《ガウン》をとおして、ランスロットの鎧《よろい》が冷たかった。しかし硬く、とげとげしい鋼鉄も、戦さの汚《けが》れも――グウィネヴィアは気にもとめなかった。グウィネヴィアはランスロットの顔を両手にはさむと、口づけをした。額に一度《ひとたび》。そして、さらに、口に一度《ひとたび》。グウィネヴィアはくるりと背をむけた。ランスロットは立ち去っていった。


つぎの日の早朝。《喜びの城》の門が大きくひらき、鎧《よろい》を着ていないランスロットが、王妃の手をひきながら出てきた。そしてすべての騎士が、ランスロットについて出てきた。鎧《よろい》を着ている者は一人もいない。そして全員が城の庭園からとってきた緑の枝を、休戦のしるしに持っていた。ランスロットは王妃を、貴族たちとともにアーサー王が立っているところまで導いていった。そこはアーサーの陣営の中央に立っている、老いたサンザシの樹の下であった。

ランスロットと王妃は、アーサー王の前にひざまずいた。そしてランスロットが、すべての者に聞こえるよう、大きな澄んだ声で言った。

「わが忠誠を誓える大王アーサーさま、ここに、あなたのお妃、グウィネヴィアさまをお連れいたしました。お妃さまとわたくしのあいだに、あるまじきことがあったとすれば、それはすべてわたくしの咎《とが》でございます。お妃さまは、どのようなご婦人にもまして、かたく操《みさお》をお守りになりました。もしも、このわが言《げん》に異をたてんとする騎士があれば、死を賭した一騎討にて、お妃さまの潔白を証《あか》してみせましょう」

力強く言いきったランスロットの目は、なぜか、王の後ろの方へと魅《ひ》きつけられるように感じられた。そうして、モルドレッドの青白い目と出会い、一瞬、がっしと組み合った。モルドレッドは若い騎士たちにかこまれながら、片脇《かたわき》に立っていたのだ。そして、その瞬間、モルドレッドの顔には微笑みが浮かんだ。絹のような艶《つや》やかな微笑みだった。ランスロットの喉《のど》に嫌悪《けんお》の塊《かたまり》がこみ上げてきた。それでも、ランスロットは何も言わなかった。そして王の息子は、あいかわらず、血のように赤いヒナゲシの花を、指のあいだでもてあそんでいるのだった。

最初に口を開いたのはガウェインだった。ガウェインの顔は灰色、眼は真っ赤に血ばしり、片方の肩には血まみれの止血帯が巻かれてあった。

「さっきも言ったとおり、わたしは王妃の悪口は言わない。王さまは、自分でお選びになった道を進まれればよいのだ。しかし、わたしの弟たちはそなたに殺された。だから、そなたとわたしのあいだの怨《うら》みはそのままだぞ。わたしはそなたの敵だ。この身体に、それともそなたの身体に息があるかぎり、かわらないぞ」

アーサーは腰をかがめたが、口からは一言も言葉が出てこない。この瞬間に何かをしゃべることなど、アーサーにとって不可能であった。アーサーは黙ったまま、王妃の手をひいて立たせた。

ランスロットは立ち上がった。そして王の前に立ち、顔をまっすぐ前にむけた。手はマントの襞《ひだ》の中で、痛いほどぎゅっとにぎりしめられている。

「わが王アーサーさま、お暇《いとま》をいただきとう存じます。わたしは、騎士にしていただき、さまざまの名誉をさずかったこの土地を去ろうと思います。南の岸辺にゆき、《狭い海》をわたってわたし自身の国であるベンウィックにまいります」

「十五日の余裕をあたえよう」

と王が言うと、ランスロットはこうこたえるのだった。

「王さまは寛大でいらっしゃる。いまと同じような場合に、コーンウォールのマルク王がトリスタンに許したのは、わずか三日でした」

アーサーとランスロットの心に、悲しい物語が浮かんできた。はるか昔、〝諸聖人の祝日〟［十一月一日］の前夜に、キャメロット城の大広間で、トリスタンみずからが暖炉の炎に照らされながら語った、あの悲しい恋の物語だった。二人はたがいの首にすがりついて泣きたい気持ちになった。

しかし、またもや、ガウェインが沈黙をやぶった。

「どこに行こうと、剣を錆《さ》びつかせるんじゃないぞ。わたしは、そなたをどこまでも追っていくからな。神に誓って言っておくぞ」

「そんな誓いなど立てるんじゃない。わたしを追うなんて、とんでもない。後生《ごしょう》だから、わたしを追わせようとして、王をせめたてるんじゃないぞ。傷が癒えるよう、ここで争いを終わらせるんだ」

ランスロットはこう言うと、王の横に立って、真っ青な顔でじっと見つめているグウィネヴィアの方に身体をむけた。そして、その場の人々すべてに聞こえるよう、はっきりと、張りのある声で言った。

「王妃さま、いまわたしは、あなたと、円卓の仲間たちに、永遠《とわ》のお別れを告げなければなりません。来たるべき長い年月のあいだ、わたしのためにお祈りください。そしてあなたのために戦う者が必要となりましたら、使者をお遣《つか》わしください。そのときに生きておりましたら、かならずや駆けつけてまいりましょう」

重々しく、そしてよそよそしく、ランスロットは王妃の手に口づけした。そうしてくるりと背をむけると、王妃を王のもとに残して去っていった。

人の世で二人が相見《あいみ》るのは、これが最後かと思われた。しかしランスロットはふりかえらなかった。グウィネヴィアも、ランスロットの後ろ姿を目で追わなかった。

じっさいには、先になって、この二人はもう一度出会うことになる。しかし、そのときの出会いは、どちらにとっても喜びが感じられるようなものではなかった。

ランスロットは、炎のような秋の色に染まりかけている暗い森をぬけて、南へとむかった。そして、やがて、海岸にまでたどりついた。そこでランスロットは船にのって《狭い海》をわたり、本来の家来と民草たちが心待ちに待っているベンウィックの国にもどった。とはいえ、ランスロットは一人で帰ったわけではなかった。《喜びの城》のランスロットのもとに集まっていた騎士たちのほとんどは、アーサーの宮廷にもどり、忠誠を誓いなおした。しかし、腹違いの弟にあたる沼のエクトルや、従弟《いとこ》のボールス、それにさらに数人の騎士たちが、いまだ世の若かりしころ、先君ウーゼル・ペンドラゴン王に青年旗手として仕えたサー・ブレオベリスに率いられながら、ランスロットと行動をともにしたのだ。またそれにくわえて、後からついてきた騎士も幾人かあった。こうしてベンウィック国に到着すると、ランスロット自身に仕える騎士や貴族たちが、ランスロットの帰還を大喜びでむかえてくれたのだった。

秋と冬がすぎた。そしてしばらくは、ブリテン島に平和が訪れたかのように感じられた。ガウェインは、しかし、一瞬のあいだも、弟たちの死を忘れることも、赦《ゆる》すこともなかった。そして昼も夜もたゆむことなく、軍団を組織して、ランスロットを追い、争いにちゃんと決着をつけるよう、アーサーにしつこく言い立てるのであった。

「戦いはまだほんとうには終わっていません。途中で、中断しているだけなのです。ランスロットが王侯然として自分の国に君臨しているかぎり、あなたの政治《まつりごと》に不満をもった輩《やから》が、きっとランスロットのもとに逃げてゆくでしょう」

するとモルドレッドも、優しく、いかにも無念そうな調子で口をそえるのだった。

「いまでも、ボールスとエクトル、そのほかの連中が、ランスロットのもとにいるのですよ。それに、ランスロットの家来の騎士も大勢います」

そしてさらに、モルドレッドは、ランスロットがいまや大軍勢を集めつつあるという噂を伝えるのだった。軍団ができあがったあかつきに、それは何のためにもちいられるだろうか？　忠誠を誓ったアーサー王に戦さをしかける以外に考えられないではないか？

それればかりかモルドレッドは、ちょっとでもガウェインの怒りが冷めそうな兆候があらわれたら、ガウェインの心の中に、さらに一滴の毒をたらし、傷口がふたたび開き、うずくようにしかけるのだった。

また、アーサー王はアーサー王で、かつてとはまるで人柄が違ってしまっていた。肉体の力がいくぶんか失せたばかりではない。自分の能力、判断の正しさにたいして、かつてのような全《まった》き自信をもつことができなくなってしまった。アーサーの中で何かがぷっつりと切れてしまった。それは心の張りといってよいかもしれなかった。そんなわけで、ほんとうは自分の内なる声に耳をかたむけるべきときに、愛するがゆえに、ガウェインの意見に身をゆだねた。また、憎むまいと心がけるあまり、モルドレッドの判断に耳をかした。

こうしてまた春がめぐってくると、アーサーは軍団を組織しはじめた。国中に鎧《よろい》職人の金槌《ハンマー》の音が鳴りひびく。そして兵と馬をのせて《狭い海》をわたるべく、船の準備がととのえられ、ブリテン島南岸の各地の港に係留された。

やがて初夏の航海日和《びより》の季節がやってきた。アーサーは軍団を率いて海をわたり、ベンウィックの国へとむかった。こうしてランスロットとの戦いを継続し、白黒の決着がつくまでは剣をおかないという覚悟であった。

アーサーは自分が国を留守にするあいだ、人々を治め、王妃を守るために、モルドレッドを残してきた。アーサーのためを思う忠実な騎士たちは、こんなアーサー王の決定にあいた口がふさがらず、心が恐れでいっぱいになった。

しかしアーサーは、自分の身にのしかかってこようとする運命の重みを感じていた……アーサーは運命の道程がほとんど完成しようとしていることを、心の奥深くで知っていた。それは、みずからの胤《たね》ちがいの姉の腹にモルドレッドを孕《はら》ませた、まさにその瞬間に解きはなたれた恐ろしい運命であった。そんな破滅への運命が、いま、アーサーの頭上に、そして生涯をつうじての戦いによってアーサーが守ろうとしてきたすべてのものの上に、黒雲のようにおおいかぶさってきたのだ。逃れるすべはないのだから、それを剣でふりのけようとするよりも、いっそのこと、もろ手をあげて迎えたほうがよいのではなかろうか……運命から逃れる道はない……あらかじめ定められた破滅の結末から逃れることはできないのだから……

「モルドレッドはわたしの息子なのだ。あの男には、人を導いてゆくわたしの才能が流れている。それに、ほかに適当な者がいないではないか」

こうして、大王アーサーは息子を国に残し、軍団を率いて《狭い海》をわたっていった。そしてベンウィックの野を進軍しつづけたけっか、ついに、大きなベンウィック城が目の前にそそり立った。アーサー軍は城の前に陣をはり、包囲攻撃の態勢にはいった。《喜びの城》のときと同じであった。

これを見たランスロット側の騎士たちは、どうかただちにわれらを導いて、打って出てほしいと、けんめいに頼んだ。

「われらは名誉ある戦いをするよう育て、訓《おし》えられているのです。城壁の裏にこそこそ逃げ隠れするなど、思うだけでもむしずがはしります」

しかし、いきりたった騎士たちを、ランスロットはこう言っておさえるのだった。

「まずは、緑の枝をかざしながら、王さまのもとに使者を送ってみよう。忠誠を誓った王さまに剣をむけることが嫌だというわたしの気持ちは、いまでも変わらない。それにいかなる時であれ、戦さよりも和睦の方がよいことにかわりはないのだ」

こうしてランスロットは、ふたたび和睦を結ぶことが可能かどうかさぐらせるために、柳の緑の枝を両手に持たせた乙女を白い馬にのせて、アーサー王の陣にむかわせた。

しかしガウェインが横にいては、アーサーは乙女の言葉にたいしてまるで聴く耳をもたなかった。そのため、乙女は泣きながらランスロットのもとにひき返してきた。

そして、この不発に終わった和睦のこころみについて乙女の報告が終わるか終わらないうちに、ガウェインが堂々たる戦馬《いくさうま》にうちまたがり、強大な槍を手に持ちながら、正面の城門の前までのりつけてきて、大声で呼ばわった。

「湖のランスロットよ。誇り高いそなたの騎士たちはどうした？　おじけづいたか？　堂々とわたしと手合わせをしようという者はいないのか？」

「わたしが、まず、あれにこたえてみせましょう」

ボールスはこう言うと、馬の準備をして、門から出てきた。ガウェインとボールスは槍を水平にかまえ、互いにむかって突進した。最初の一撃でボールスは落馬させられ、ひどい傷を負った。そして、このままゆけば命のないところではあったが、そのとき、騎士たちの一群が門から出てきて、ボールスをかかえて、城の中にもどっていった。

つぎの日にも、ガウェインはやってきた。今度はエクトルがガウェインの挑戦に応じた。しかしこのエクトルも落馬させられ、救助の騎士たちによって城内へとかつぎこまれていった。

城の包囲は数か月つづいた。くる日もくる日も、ガウェインは挑戦をかかげて城門の前に立った。そしてガウェインに立ち向かえる者は一人もいないように思われた。というのも、ガウェインの挑戦を受けて立った騎士は、一人のこらず、殺されるか負傷させられたが、ガウェインはというと、かすり傷一つこうむることがなかったからである。

冬が目前にせまった、そんなある日のこと。万物が枯れ、寒風の吹きすさぶもの寂しい野を、またもや、ガウェインがやってきた。そして刺《とげ》をふくんだ大声を、兜《かぶと》の中にこだまさせた。

「おい、ランスロットよ、聞いているのか? 裏切り者! 臆病者! それとも、頭を枕の下にうずめて、震えているのか? いさぎよく出てきて、わたしと戦うんだ。さもないと、生涯恥を背負うことになるぞ。わたしは弟を殺された怨《うら》みをはらそうと、ここで待っているのだぞ」

ここまで言われると、ランスロットにはもはや我慢ができなかった。

ランスロットは、鎧《よろい》をもて、いちばんの馬を連れてこいと従者たちにむかって叫ぶと、ガウェインの挑戦に応じるべく、門をくぐっていった。

「ガウェインよ、そなたと剣をまじえるのは気が重い。かつてわれらは親しい友であった。また、そなたは王の血縁でもある。しかし、そなたが、わたしをここまで追いつめたのだ。わたしは、追いつめられた猪《いのしし》だ」

「いまはきれいごとをほざいている場合ではないぞ。いまこそ、弟たちを殺された怨《うら》みをぞんぶんに晴らさせていただこう。貴様《きさま》とわたしの身体に命あるかぎり、戦いがやむときはないぞ」

二人の騎士は馬を互いから遠ざけていった。そうして、やがて、ふりむきざま槍を水平にかまえると、拍車を蹴りこんだ。二騎は互いにむかって、轟然と駆けた。王の陣でも、ベンウィック城の城壁の上でも、人々が息を呑《の》んで見ている。空をつんざくような衝突音とともに、双方の人と馬はもがき、もつれるようにして地面にころがった。二人の騎士は馬から身体をはなすと、地面の上によろめき立った。そうして剣をさっと引き抜くと、相手にむかって走った。二人は踊りかかり、打ちかかり、突きかかった。こうしてしばらくすると、双方の鎧《よろい》は穴だらけ、へこみだらけとなった。そして流れ落ちる血が踏みあらされた草の上に飛び散り、あたり一面に、かつて東方の国の人々が〝タンムズの涙〟と呼んだ小さな深紅の花が咲いたようになった。

しかし、ついに、ランスロットは、ガウェインの兜《かぶと》の上に強烈な一撃をみまった。剣の刃《やいば》は兜《かぶと》をつらぬき、ガウェインの頭に大きな傷をこしらえた。そこは古傷の跡だったので、ガウェインはもはや立ち上がれなくなった。ランスロットはさっと後ろに身をひいて、剣によりかかり、はあはあと息をととのえながら立った。

ガウェインは苦痛にあえぎながら、叫んだ。

「さあ、殺せ！　神に誓って言うぞ。もしも傷がなおったら、また貴様《きさま》と戦ってやるからな」

「そのときはまたそのときさ。だが、わたしは、傷ついて倒れた騎士を冷血に殺すようなことは、いまだ行なったことがないのだ。今日のこの日に、わたしの血が冷たくひえているかどうか、神もご照覧あれ！」

こう言うとランスロットはくるりと背をむけ、足をひきずりながら去っていった。王の陣からは家来たちが出てきて、なおも狂ったようにわめいているガウェインを王の天幕《テント》へとはこんでいった。ガウェインの傷の手当をしようと、アーサー王の侍医であるモルガン・タッドがそこで待ちかまえているのである。

包囲はなおもつづいていった。近くの沼で冬をすごそうと、北の国から野鴨が飛んできた。そして道の縁《へり》に氷がはった。ガウェインは馬の背にしっかりと座れるようになるが早いか、またベンウィック城の門にやってきた。そうしてランスロットよ、出てこいと呼ばわるさまは、さながら狂人のようであった。

「この前戦ったときには、不運にみまわれて、貴様《きさま》にひどい傷を負わされた。だから、いま、復讐にきたぞ。この前やられたのとそっくりに、今度は貴様《きさま》をやっつけてやる」

「おお、くわばら、くわばら」

と、ランスロットはわきにいる騎士たちにむかって言うのだった。

「わたしの命も、もう長くはないというわけだ」

しかし、こんなことを言いながら、ランスロットは馬を呼び、門から出ていった。こうして二人はふたたび戦い、ふたたび、長くがむしゃらな剣の応酬がつづいた後で、前回と同じけっかとなって、戦いが終わった。そして、不運のきわみというべきか、ランスロットの最後の一撃は、またもや、同じ古傷の上に落ちた。重い心をかかえながら、城の門をめざして歩いてゆくランスロットの背に、恐ろしいほどしゃくりあげながら、あえぎあえぎ叫ぶ声が、投げつけられてきた。

「裏切り者！　裏切り者！　また元気になったら……」

ここまできて、声はぱたりとやんだ。ガウェインが気を失ったのだ。そして死んだようにぐったりしているガウェインの身体を、アーサー王の陣の家来たちがはこんでいった。ガウェインは何日ものあいだうわごとを言いながら、死生のはざまをさまよった。そのあいだも包囲はつづけられ、寒く、湿った冬の日が過ぎていった。アーサー王配下の者たちは、帆布の天幕《テント》の下にかくれたり、荒れ果てた空っぽの町の中ですごして、そんな日々を何とかしのいだ。

春がほんの目と鼻の先にきて、ようやく日が長くなり、ハシバミの藪《やぶ》に黄色い花穂がちらほらと見えるころになって、やっと、ガウェインがまた馬の鞍に座れるようになった。しかし、槍と盾を持てるようになるや、まっさきにガウェインの頭に浮かんだのは、ふたたびランスロットに挑戦しなければという思いであった。ガウェインのあわれにも傷ついた頭には、もはや、これ以外の思いがやどる空間はないかのようであった。

ところが、アーサー王や仲間の騎士たちが必死になってとどめようとする声もきかず、明日はまたもや馬を城門まで進めるのだとガウェインが決心した、まさにその日に、それどころではないブリテン島からの知らせが飛び込んできて、包囲攻撃はぷっつりと中断されることとなった。

第6章　王位を奪う者

こうして海のむこうで、円卓の騎士の華《はな》たちがつぎつぎと散ってゆくいっぽう、ブリテン島の統治をまかされたモルドレッドは、早々と、謀略のつぎなる段階にとりかかっていた。モルドレッドには流行を創りだす天賦の才があったが、それが、父であるアーサーがかねてから見抜いていたように、人を導く才能として開花していた。

すでにして、モルドレッドには若い騎士たちのあいだに追随者を得ていた。夏がすぎて秋となり、そうしてさらに冬がすぎるころともなると、真の意味でいままでアーサーの家来とはいえなかったような連中が、キャメロットのモルドレッドのもとに集まってきた。

そして、北の蛮人や、アイルランド海の彼方の人々が、またひそかにアーサーの領土にもぐりこんできた。そして内密にモルドレッドと交渉するために、指導者たちを送り込んできていた。アーサー・ペンドラゴンのころよりも、もっと気楽な政治、ゆるやかな統治が期待できるという風評《ふうひょう》を聞きつけてのことであった。

これにくわえて、誰が言いはじめたのかは不明だったが、ある噂がまことしやかにささやかれていた。それは、もしもアーサーではなく、モルドレッドが王になったら、領土の安寧《あんねい》のために支払わなければならない税金が安くなるだろう、また、アーサーが定めた厳しい法は、ゆるい内容に変えられるであろうというのだった。人々は、耳をそばだてはじめた。そしていまだに大王アーサーに忠誠心をもっている者たちは、自分たちはいったいどうふるまうべきなのだろうと、不安ととまどいを感じはじめた。そして国ぜんたいがぐらぐらと揺らいできた。

グウィネヴィアは、いま何が起きているか、多少なりとも知らないわけではなかった。しかし、このごろのグウィネヴィアは、宮廷につどう新顔の人々とまじわるよりは、ひっそりと女たちの部屋にこもってすごすことが多かった。心が恐れでいっぱいになったグウィネヴィアは、二つに割れた円卓に平和がもどり、一刻も早くアーサーが帰ってきてほしいと願った。ただし、ランスロットが死ぬことによって、アーサーが帰ってくるのではありませんようにと、心の内で祈るのであった。

聖燭節［二月二日］がすぎ、高い塀にかこまれた城の庭に、雪の花《スノードロップ》が咲きはじめた。それからしばらくすると、城市《まち》の下を流れる川の土手に、茎の短いサクラソウが花をひらいた。そして、運命の日がやってきた。それは、わくわくとする春の予感がまったく感じられない、寒さにふるえあがる日であった。ただ、かすかなうなりを上げながら、樹々のあいだをぬけてきたそよ風が、かさかさと奇妙なささやき声をあげながら廊下を通りすぎ、王妃の私室の壁にかかった壁掛け《タペストリー》をときどき揺らした。王妃はお気に入りの侍女とならんで腰をおろし、刺繡をしていた。

若いころの王妃は、色の明るい、ほがらかな図柄のものを好んだ。当時の作品に一角獣《ユニコーン》の刺繡があったが、その背景にはナデシコや野生のパンジーをぎっしりとあしらい、頭上には小鳥や蝶が舞っているものだった。後になると、王妃は黄金のダマスク織りの上に、誇り高いブリテンの赤いドラゴンを刺繡した。これは夫アーサーの盾をしまう袋であった。いま、かの女は、城の礼拝堂《チャペル》の祭壇にかけるため、翼をひろげた天使の刺繡にとりくんでいた。グウィネヴィアは、祈るのが得意ではなかった。このごろは、たしかに、長く祈っていることもよくあった。しかし、王妃には、自分の祈りが翼をもって、天にまでとどいているかどうか、自信がなかった。だからこそ、かの女は、《祈りよ、天にとどいてください》という気持ちをこめながら、黄金色、深紅、紫色の翼をひろげた天使を刺繡したのだ。ひょっとして、このような刺繡じたいを、神さまは祈りとしてお受けとりになってくださるかもしれない……

「神さま、わたしはあなたのために刺繡しているのです。全知全能の神さま、どうかアーサーをお救いください……どうかランスロットをお救いください……どうかブリテンの国を暗黒の闇からお救いください……」

夕闇がせまってきた。もうすぐ小姓たちが蜜蠟《みつろう》の蠟燭《ろうそく》をはこんでくるだろう。すでにもうほとんど真っ暗なので、手もとの細かい刺繡のどこにつぎのステッチを置けばよいか、見えないほどであった。しだいに薄れゆく最後の光をとらえようと、王妃は刺繡の型枠《フレーム》を西窓のほうにむけた。そのときグウィネヴィアは、そよ風のつぶやきの下に、何やら遠くの物音が聞こえたような気がした。それはあわてふためいた人声《ひとごえ》であった。それから下の中庭から、がさごそと歩きまわる音が聞こえてきた。そして、女の悲鳴……

「神さま、お助けください」

王妃は型枠《フレーム》をわきに置いて、立ち上がった。そのとき、色とりどりの絹糸が王妃の膝からこぼれ落ちた。窓から見下ろすと、中庭に大勢の人々が集まっていた。彼らは三々五々集まり、口々に話しているが、みないちように途方にくれ、どうしてよいかわからないといったふうに見える。ときどき、王妃の窓を見上げる者があった。黄昏《たそがれ》の薄闇の中で、誰もかれもがあっけにとられたような顔をしている。とつぜん、王妃は冷たい恐怖を胸に感じた。

「ねえ、ネスタ、あなた中庭におりていって、ベンウィックから知らせでもとどいたのかどうか、たずねてきてちょうだい。何か悪いことがあったような予感がするわ」

侍女のネスタは部屋を出て、螺旋《らせん》階段をおりていった。

ネスタの姿が消えたかと思うと、ふたたび重い扉がぎぎいと開き、戸口のところにモルドレッドが立った。ほかの男たちが深紅のバラ色の衣をまとうように、モルドレッドは、いつもどおり、暗夜のような漆黒《しっこく》の衣をまとっていた。そして孔雀《くじゃく》の羽根を、手で優しくもてあそんでいる。王妃は、凍りついたようになった。色とりどりの絹糸が、もつれたまま足もとに散乱している。こちらを見つめるモルドレッドの目を、王妃の目がじっと見かえした。孔雀《くじゃく》の羽根のせいで、まるで、瞬《まばた》きもしない三つの眼に見すえられているような気がした。

「いったいなにごとです？」

こんな王妃の問いに、声にえもいわれぬ優しさをこめて、モルドレッドはこたえた。

「ベンウィックから手紙がとどきました。アーサーとランスロットの二人が死にました」

一瞬、グウィネヴィアの世界がぐらりと揺れて、真っ暗になった。このときグウィネヴィアには、明るく、あざけるようにこちらを見ている三つの眼だけが、はっきりと意識された。しかし、こんな眼を眺めていると、モルドレッドは嘘をついている、それはまちがいないと告げる声が聞こえてくるように感じられた。すると、世界がまたもとのようなしっかりとした土台の上にすわった。

そしてグウィネヴィアの耳に、冷たく冷静な自分の声が聞こえてきた。

「あなたの言うことなど、信じませんわ」

「ほかの連中は信じるでしょうよ。いや、げんに信じている。みなの声が聞こえないのですか？」

城のどこかで女が泣いている。また聖ステパノ教会で、弔いの鐘が鳴りはじめた。

「手紙をお見せすることだってできる」

モルドレッドは、感じのよい微笑みを浮かべながら言った。この人は自分の力に絶大の自信をもっている。だから、わたしが信じようと信じまいと、まったくかまわないのだわ……とグウィネヴィアは思うのだった。

しかし、まだ屈伏するわけにはゆかない。

「そんな手紙など、誰にだって偽造できるし、それがベンウィックから来たなどというのも簡単だわ。ほんの少し鼻薬をかがせれば……」

モルドレッドはさらににこやかに顔をくずしてこたえる。

「いかにも。誰にだってできます。しかし、人はそれを信じます。それに、いずれにせよ、もうすぐその通りになるだろうし……さて、それにそなえて、わたしの戴冠式の準備でもしておきましょう」

「わたしの戴冠式ですって？」

「当然でしょう。大王アーサーが死んだのです。ブリテン島には新しい大王が必要です」

膝をおって懇願しようと、怒りにまかせて非難してみようと、もはや何の役にも立たないのだと、王妃グウィネヴィアは思った。懇願も怒りもモルドレッドを動かすことはできないだろう。モルドレッドはほかの人々よりももっと高い空の、冷たい空気を呼吸しているのだ。そのような、人間的なものの及ばぬところにいるのだ。そこで、グウィネヴィアは簡単に、こう言った。

「さあ、お行き。もう言いたいことは言ったでしょう。一人にしてほしいわ」

しかし最悪の衝撃は、これからだった。

「ええ、行きますとも。でも、戴冠式がすんだら、大王の王冠をかぶって、すぐにまたもどってきます。もう一つ別のことを話さなければならないのです」

「あなたと話さなければならないことなんて、これ以上何もありません」

「それが、あるのです。しかも、あなたに密接にかかわることです。わたしとの結婚の話ですからね」

これを聞いて、グウィネヴィアの口からは、ついに怒りの言葉が出てきた。それは小さな、絶望の叫びでもあった。

「あなたとの結婚ですって？　モルドレッド、あなた気でも違ったのですか？」

モルドレッドは嘲《あざけ》りの孔雀《くじゃく》の羽根を前に突き出して、グウィネヴィアの頬にふれた。グウィネヴィアは、まるで焼けた炭にふれたように、さっと頭を引っ込めた。

「とんでもない。これ以上の正気はありません。あなたに横に座っていただければ、わたしの大王たる資格はいよいよもって確かなものとなるでしょう。それに、あなただって、ずっと王妃でいられるのですよ」

「モルドレッド！　わたしは、あなたの父上の妻なのですよ」

王妃グウィネヴィアは、あまりのおぞましさに声をふるわせながら叫んだ。

「未亡人ですよ」

「未亡人だろうと妻だろうと、この場合は同じことです。わたしは、あなたの継母なのですよ」

「袋に黄金をたっぷりとつめて教会に贈れば、そんな結び目はさっさと切ってくれますよ」

モルドレッドはこう言うと、さらにつけくわえるのだった。

「いずれにせよ、わたしたちのあいだに血のつながりはありませんからね。わたしの父と、わたしの母のあいだには、それがあったけど」

グウィネヴィアはモルドレッドの目の中をのぞきこんだ。そうして、このときはじめて、この男がどれほど深く大王アーサーを憎んでいるかを理解したのだった。

ようやくのことにグウィネヴィアは視線を相手から引き離すと、わざと大仰《おおぎょう》にかがんで見せて、刺繍のための絹糸をひろいあつめた。時間をかせがなければ…グウィネヴィアの心はそんな思いでいっぱいだ。

「大王がこのことを耳にされたら、きっともどってきて…」

王妃が言いかけたが、モルドレッドは最後まで言わせない。

「大王が耳にしたら――耳にできるとしてだけど――そのときは、もう、あとの祭ってわけさ」

「時間をくださらねば。考え、祈る時間を……」

と王妃がささやくと、モルドレッドはこうかえした。

「もちろん、時間はさしあげます。いまから明日の朝にいたるまでの時間はすべてさしあげよう。どうぞお好きなだけ、考え、お祈りするのですね。最後には、わたしの望むようにしなければならないでしょうが」

こう言ってモルドレッドは部屋をあとにした。

グウィネヴィアはそのまま身動きもせず、一人で立っていたが、やがて、ネスタが真っ青な顔をしてもどってきた。そうして中庭で耳にいれた悲しい知らせを伝えた。グウィネヴィアはずっとにぎっていた手を開いた。すると天使の翼になるはずのまばゆいばかりの絹糸が、また床に落ちた。絹糸には血のしみができていた。糸のたばに刺さっていた針を、それと知らずににぎりしめていたらしい。

「すべて嘘だわ。真っ赤な嘘だわ」

王妃はモルドレッドがそこにやって来たことからはじまって、自分たちのあいだに何があったかを話した。するとネスタはふるえはじめ、いったいどうすればよいのでしょう、と半泣きの声をあげるのだった。

「いい子だから、黙って。どうすべきか、考えているのよ。わたしは、いま、考えているのよ!」

キャメロットから逃れなければならない、それはたしかだった。ここではどちらに目をむけても、モルドレッドのとりまきばかりだ。ロンドンにゆけば、まだ、アーサー王の城がサー・ガラガルスによって守られている。ガラガルスは昔から忠実な円卓の騎士で、いまでもアーサーを君主とあおいでいることはまちがいない。だから、この城までたどりついて、ガラガルスに庇護《ひご》をもとめよう。それに老いた大司教デュブリシウスの庇護《ひご》ももとめよう。そうしたらこの身は安全だろう…グウィネヴィアはこのように思った。しかし、何よりもまず、息子の謀叛の知らせをアーサーに伝えなければならない。

そこでグウィネヴィアはネスタに命じて、ペンとインクと羊皮紙を持ってこさせた。そうして手紙を書きはじめた。さらにグウィネヴィアは、ある従者を見つけて、一刻も早く自分のもとまでつれてくるよう命じた。ただし、連れてくる途中では何もしゃべらないことと念をおすのであった。ほかの者の耳を、グウィネヴィアは極度に警戒していた。というのも、自分の召使たちはすでにとりのけられ、そのかわりにモルドレッドの腹心の家来たちによって占められているのではないかと、グウィネヴィアは思ったのである。しかし絶望的な手紙をまだ書きおえないうちに、侍女がもどってきた。従者のヒュウが一緒であった。

従者の若者は、王妃の足もとに膝をついた。

「おお、お妃さま。王さまは…」

「いいえ、死んではいません」

と、王妃はなおもペンを走らせながら、急いで言った。

「すべて、王位を奪い、わたしを妻にしようとする、モルドレッドの悪い謀《たくら》みなのです」

ヒュウは息を呑《の》み、びっくりするやら、安心するやら、憤《いきどお》ろしいやらで、どもりどもり何やらひとしきりつぶやいていたが、そのあいだに、この先何が待ちうけているかをアーサー王に知らせ、自分はどのような行動をとるつもりであるかを記した手紙が、完成した。王妃はそれを折りたたみ、自分の首を飾っている宝石の中から、彫刻をほどこした小さな石をはずし、それとともに手紙に封をした。

「ヒュウ、あなた、サー・メリアグランスがわたしを捕えたとき、わたしのために早馬を駆って、みなに急をしらせてくれたわね。今度もまた、わたしのために使いに走ってくれるかしら？」

「お妃さま、世の果てなりともまいります」

「いいえ、そんなに遠くまで行かなくてもいいのよ。行く先はベンウィック。今晩キャメロットを出て、南の岸をめざしなさい。船が見つかったら、それにのるのよ。さあ、路《ろ》銀《ぎん》をあげましょう。海をわたるために必要でしょう。それから、これは馬を借りるお金です。ひょっとすれば、あなたはここを徒歩で脱出しなければならないかもしれません。よいこと。大急ぎで大王アーサーさまにこれをおとどけするのよ」

王妃はこう言って、熱意にあふれた手の中に、封をした手紙をたくした。そんな王妃の耳に、大広間にいるらしい男たちのウオーという喚声が、地鳴りのように響いてきた。そしてさらに、きらきらとした高音のラッパの音が聞こえてきた。どうやら、モルドレッドはすでに大王を名のっているらしい。

その夜、すっかり日の暮れるその瞬間を待ちかねたかのように、こっそりキャメロット城を後にする一人の男の姿があった。その男とは、従者ヒュウ――まるで敵の陣営から逃れていくようなありさまであった。ヒュウは王妃の手紙をしっかりと胸にいだきながら、南の岸をめざした。

つぎの朝になった。一晩じゅう眠ることのできなかったグウィネヴィアは侍女たちに命じて、もっとも美しい青紫色の長衣《ガウン》を用意させた。そうして、眼と唇に入念に化粧をし、いちばん豪華な宝石を身におびた。そしてモルドレッドが部屋にやってくると、暖炉わきの、大きなクッションつきの椅子に座って迎えた。モルドレッドの頭上には竜王《ペンドラゴン》の冠がのっていた。しかし王妃は、これまでとはうってかわった、とびきり優しい目でモルドレッドを見つめた。

モルドレッドは青紫の長衣《ガウン》と宝石、それに優しい表情に気がついた。そして、それが何を意味するかわかっているつもりで、心の内《なか》で、にやりと笑った。

「ランスロットが海のむこうに消えて以来、そなたがいかに美しいか、すっかりわすれておりました。昨夜話した、わたしとの結婚について、とっくりと考えてくれましたね」

「ええ、考えました。昨日《きのう》はあまりにだしぬけで腹がたったので、早まったことを申しました。でも、考えれば考えるほど、状況がよくわかってまいりましたわ。わたしのこの身はあなたの手の内《なか》にあるのですもの、わたしに何をさせようと、あなたの意のままです。ですから、これ以上あなたに逆らうのは愚かとしか言えませんわね。したがって…」

と言いながら、王妃は悲しそうな笑みを頰にうかべた。そして、なかば冗談のような口調で、一騎討で敗れた騎士が、抜き身の剣をふりあげた勝者にむかって叫ぶように、

「わたしの敗けです。ご慈悲をおかけください…　大司教のデュブリシウスさまから教会の許可が得られれば、あなたと結婚いたしましょう。あなたが言われたように、それによって、わたしはずっと王妃でいられるのですから」

「あなたはお美しいだけではない。とても賢くていらっしゃる。すぐにも大司教に使いをやりましょう。それに黄金の贈り物も」

王妃は首を横にふった。

「使いをやるだけでは不十分ですわ。黄金を贈るのも、十分ではありません。わたしが自分でお話ししなければ」

「お好きなように。人をやって、連れてこさせよう」

「いいえ。大司教さまはとても年をめしておられます。簡単に旅に出ることができません。それに地位を考えれば、犬を口笛で呼ぶようなわけにはまいりませんわ。もしも大司教さまのご許可がほしければ、みずからむこうにおもむいて、身を低くしてお願いしなければなりません……」

この時、モルドレッドの顔に拒否の表情が見えたので、

「明日の朝までお時間をください。旅の準備をいたします。わたしが逃げることを考えているとお思いになるなら、あなたの家来の騎士を集めて、護衛させればよいのです。ただ、わたしの方にも、何人かの侍女のつきそいをお許しくださらねばなりません。じっさいのところ、わたしも八方手がふさがっておりますが、あなたも同じですわよ。もしもわたしが大司教さまのところにおもむき、膝を折ってお願いしながら、わたしも乗り気だというところをお見せすれば、きっと教会の許可がいただけると思います。申し上げたように、教会のお許しが出たら、あなたと結婚いたします。でも、教会のお許しなしに、あなたの妻になるわけにはまいりません。そんなありさまで無理に結婚したりしたら、あなた

が大王になる根拠は弱まりこそすれ、しっかりと固まることはないでしょう」

このように言われては、モルドレッドも王妃の要求を呑《の》むしかなかった。

そこで、つぎの朝になると、王妃はお気に入りの侍女たちとともに、モルドレッドの家来たちにがっしりと衛《まも》られながら、ロンドンにむかって出発した。

一行は、五日のあいだ路上にあった。夜は、王領の荘園の屋敷や、僧院の客間ですごした。王妃は、天幕《テント》をしつらえた、牛の牽《ひ》く荷車にのっていた。天幕《テント》は多数のクッションや、つづれ織りの壁掛け《タペストリー》のために重量がかさみ、それでなくとも、さきごろ降りつづいた冬の雨のせいで、いまでもほとんど川のようになっている道に、車輪を深くめり込ませながら進むのは容易なことではなかった。そして揺れ、かしぎながら車輪が回転するたびに、グウィネヴィアの胸はじれったさにさいなまれるのだった。グウィネヴィアはロンドンの城の灰色の城壁をまぶたの裏にうかべながら、一日千秋の思いであった。後に残してきた、嫌悪すべき金髪の男――あの男から安全にのがれるための唯一の希望は、その灰色の城壁であった。この城にサー・ガラガルスとともに立てこもって、正統な王のために、何としても頑張りぬくのだ。こんなことを思ういっぽうで、従者の若者はいったいどうなっただろうという思いが、グウィネヴィアの頭から去ることが一時《ひととき》もなかった。ヒュウはどのあたりまで行っただろう？　ベンウィックにぶじむかっているだろうか？　それとも殺され、無惨な死骸《むくろ》となって、どこかの溝にでもころがっているのではないかしら？　あの手紙は、もうすでに、モルドレッドが手に入れてしまったのではないかしら？

ついに、王妃の一行がロンドンに到着した。ついてみると、グウィネヴィアは、いつものように王の城に宿るのではなく、城市《まち》のすぐ外にある、荘園屋敷ですごすてはずだということを知らされた。侍女たちは心配そうな目を王妃にむけた。しかし、少しのあいだ考えてみて、この難関は容易にのりこえることができるだろうと、グウィネヴィアは思った。それに、この方がかえって好都合ともいえるだろう。というのも、もしもかりに、何十人ものモルドレッドの家来に囲まれながら城門から入ってゆき、ガラガルスの保護を求めたりしたなら、きっと、城壁の内側で大乱闘が起きたことだろう。グウィネヴィアは、自分がモルドレッドの家来を罠《わな》に落とそうとしていることについては、何ら良心の痛みを感じてはいなかった。しかし、アーサーになおも誠意をもっている人間は、ひとりひとりが貴重だった。城内の乱闘で、そんな人たちの命が失われることはしのびがたい、という気がしていたのだ。

つぎの日の朝早く、王妃は馬の用意を命じた。ウェストミンスターの近くの野原に、聖母マリアに捧げられた聖堂と、聖なる泉があった。アーサー王がロンドンに宮廷を遷《うつ》したおりには、王妃は、たびたび、そこに詣《もう》でたものであった。したがって今回もぜひ侍女ともどもそこを訪れて、祈りを捧げてきたいというのであった。生まれてこのかた、戦さの時をのぞき、護衛など連れず、ほんの数人の侍女だけをともなって、好きな時に、どこへなりと、自由に行くことを許されておりました…… 王妃がこのように言うと、モルドレッドの家来の騎士たちといえども、それは許すことができないとは言えなかった。とくに、執事や、荘園屋敷の人々がまわりにいて聞いているので、いかんともしがたかった。こんなわけで、婦人用の馬がひいてこられた。こうして、川をのぼってくる三月の寒風にそなえて、ふかふかの毛皮のついたマントにぴったりと身をくるんだ王妃と侍女たちの一行は、聖母マリアの聖堂へと馬をむけた。

しかし、やがて荘園屋敷が見えなくなると、そのとたんに、彼らは方向をかえて、ロンドンに通じている細い小径《こみち》に入った。そして馬を早足にすると、けんめいに、城市《まち》を——

アーサー王の城館《やかた》をめざして駆けはじめた。まともに顔に吹きつけてくる風、にわかに落ちてきた春の驟雨《しゅうう》を気にしてなどいられない。

こうして、しばらく後に、城の中の人々は、どんどんどんと激しく門をたたく音を聞いた。門を開くと、風に吹かれ、濡れそぼった数人の女が、ころがり込んできた。先頭の女が頭巾《フード》をさっとはねのける。門番の男たちは、王妃の顔を知っていた。

「門をしっかり閉めて！」

王妃は男たちにむかって叫んだ。

「アーサー王の敵が、まもなくやって来るわ」

男たちは大急ぎで、王妃に命じられたようにした。そのいっぽうで、王妃と侍女たちを馬からおろそうと、小姓や従者たちが駆けよってきた。そして、さらに、この者たちの影を踏むようにして、ガラガルスが早足で駆けてきて、王妃を歓迎した。王妃はガラガルスにむかって、事の一部始終を話した。するとガラガルスの心は怒りに煮えくりかえった。そして城の守りをいっそう堅固《けんご》にかためるのだった。いまやみずからを〝大王〟と称しているモルドレッドは、いつ攻めてくるかもしれない。どんな大軍勢がおしよせてきても、きっと守ってみせようという頼もしい心意気であった。

王妃に逃げられたことをさとると、護衛の兵たちは僭主《せんしゅ》モルドレッドのもとに、早馬の使者をおくった。モルドレッドは、さっそく、手近にいる者たちのうちみずからにしたがう兵をすべてかき集め、さらに遠くにいる者たちについては、ロンドンで自分の軍に合流するよう命令を発するのだった。こうして、すべてなめらかに進むはずだった計画が頓挫《とんざ》するきざしを見せはじめ、逆上したモルドレッドは、あとから勝手についてくるがよかろうと歩兵を置き去りにし、わき目もふらず、ひたすらロンドンにむけて馬を駆った。ロンドンにつくと、モルドレッドは城のぐるりに兵を配して、包囲攻撃の体制となった。

こうしておいた上で、モルドレッドは緑の枝のもとに、豪華な贈り物を持たせた使者をやった。そして、このような愚かなまねはやめて、婚礼のために城から出てくるよう、王妃にうながすのだった。

しかし王妃は、モルドレッドからの贈り物——色とりどりの宝石、珍しい香料、二匹の純白の猟犬を突きかえし、それらに、簡にして要をえた言葉をそえた。

「いいえ。誠なき裏切り者よ、わたしはお城から出ません。そなたにそうよりは、みずからの手でわが命を断ちます」

そのとき、大司教のデュブリシウスがやってきた。いまは年をとり、一まわり身体が小さくなり、皺《しわ》だらけだ。しかしげっそりとこけた頬ではあったが、眼はまるで灼熱の石炭のようにきらきらと輝いていた。デュブリシウスは司祭たちを引きつれて、モルドレッドの陣営に入った。そうして王位を不当に奪ったモルドレッドを指弾《しだん》するのだった。

「そなたはどんなつもりなのだ？　まず神を怒《いか》らせ、その上、みずからと騎士道を汚《けが》すつもりか？　王妃はそなたの父上の妻ではないか。そのような者を妻にむかえるのは、大それた罪だとは思わないのか？」

「父は死んだ」

モルドレッドは、一語一語、吐き捨てるように言った。

「それは嘘じゃ。それに百歩ゆずって、それが真実だとしても、王妃はそなたの継母ではないか。ならば、そなたらが結ばれるのは、大罪じゃ」

「父は死んだ」

とモルドレッドはくりかえした。

「いまはわたしが大王で、大王の権力をにぎっているのだ。だから、戯言《たわごと》はよすがよい。もしも必要とあらば、そなたの首をちょん切って黙らすこともできるのだぞ」

「アーサーが殺されただと？　わしはだまされんぞ。それに、わしだけではない。みな知っておるぞ。アーサーが死んだなどというのは、アーサーの王位を奪い、おまけに王妃までかすめとるために、そなたがばらまいた嘘だとな。そなたがわしを脅すなら、わしの方もそなたを脅すことができるぞ。いますぐこのような悪事から手をひくのだ。さもないと、鐘と聖書と蠟燭《ろうそく》の力によってそなたに呪いをもたらそう」

「貴様《きさま》こそ呪われるがよい」

と、モルドレッドは怒鳴った。顔からはいつもの絹のような微笑が消え、まるで牙をむき出しにした犬のようだ。しかしモルドレッドにはこの老人に手をだす勇気はなかった。モルドレッドの心には一つの疑いがあった。それは氷の固まりのように重く、冷たく感じられる疑いだった。大司教を捕えろと命じられたら、いかに自分に忠実な家来といえども命令に従わないのではないだろうか……

大司教は大きな修道院のような教会へとひきこもった。そしてそこの修道院長に仕える修道士たち、および自分に仕えている聖職者たちを、まわりに呼び寄せた。そして高い祭壇――三十年以上も前にアーサーの頭上に大王の王冠をのせた、あの祭壇の前で、大司教はアーサーの息子を、鐘と聖書と蠟燭《ろうそく》の力を呼びおこしながら呪った。そうして、キリスト教の教会が授けてくれるどんな権利、祝福にもモルドレッドがあずかれぬよう、破門したのであった。

教会にそなわったあらゆる方法や儀式をもちいながら、自分の身内《からだ》の力を出しきって、大司教はモルドレッドを呪った。呪いおわると、デュブリシウスは消耗しきって抜け殻のようになり、あらためて、自分の年を感じた。そして、もはや大司教の任にはたえないほどの年になってしまったのだと思った。この地上で、善と悪との戦いにくわわる力が、自分にはもはやつきてしまったのではなかろうか……

デュブリシウスの頭にマーリンのことが浮かんできた。アーサーの戴冠の日、デュブリシウスはマーリンとともに、アーサーの横に立った。そのマーリンはすでに力を使いはたして、魔法の眠りについている。それも、もう、はるか昔の話だ。あのように魔法のサンザシの樹の下で、ずっと暗黒の静寂につつまれながら眠りつづけるのは、わたしの運命ではない。わたしに許された最後の年月は、人知れぬ孤独と清貧の中で、ひたすら祈りの生活をおくるのだ…　このように思ったデュブリシウスは、周囲の人々に別れをつげ、貧しい修道士らしい粗末な衣に身をやつし、騾馬《らば》の背にのると、ロンドンの城市《まち》をあとにした。この、擦り切れたマントと頭巾《フード》で身をつつんだ人物とすれ違っても、それが偉い大司教だったのだと知る人は誰もいなかった。

こうしてデュブリシウスは来る日も来る日も旅をつづけ、やがて《りんごの樹のアヴァロン》へとやってきた。そこには、草屋根の小さな僧院があった。中央に教会があった。そしてこの教会をめぐって、修道士が住むための小さな小屋が、蜂の巣のようにとり囲んでいる。これはアリマタヤのヨセフらが、聖杯をたずさえながらはじめてブリテン島に来たときに建てられたものであった。それ以来、長年にわたって、ここには人が住み、祈りと、貧しい者を助ける生活をおくってきた。しかしそうした修道士の数はしだいに減ってしまった。いまでは、人が生きるための小屋は空っぽであった。そして最後の修道士の墓の上には、堀りかえしたばかりの土がかぶさっていた。

ロンドンでは、モルドレッドがふたたび王妃のもとに使いをさしむけ、贈り物と美辞麗句《びじれいく》をならべながら、城から出てくるよう訴えさせた。しかし王妃は、前と同じこたえをかえすばかりだった――あなたの妻になるぐらいだったら、みずからの手でわが命を断ちます、と。するとモルドレッドは、憤怒と、つのりくる恐怖にせまられて、本腰をいれて城の攻撃をはじめるのだった。日に日にモルドレッドの軍勢はふくらんでいった。モルドレッドの招請にこたえて、国のすみずみからぞくぞくと援軍が駆けつけてきたからだ。しかし、それでも王の城砦はおちなかった。そしてモルドレッドは王妃を手に入れることができなかった。

そうこうするうちに、若い従者ヒュウがベンウィック城の前に張られたアーサーの陣にまでたどりついた。ヒュウは王妃の手紙を王の天幕《テント》に持っていった。もう夜がふけていた。アーサー王はガウェインとともに、ただ一つの酒杯をわかちあいながら、葡萄酒《ワイン》をすすっていた。ガウェインは、明日の朝、ふたたび陣を出て、ランスロットに挑もうと考えている。そんなくわだてを、何とか思いとどまらせることができないものだろうか。アーサーの胸はそんな思いでいっぱいだった。

アーサー王は、くたくたに疲れはて泥まみれの従者から手紙を受けとって、封蠟《ふうろう》をやぶった。そして無言のまま、いっきに読みとおした。読みおえると、やはり無言のまま、それをガウェインにわたした。

ガウェインがそれを読んでいるあいだ、天幕《テント》のなかはしんと静まりかえっていた。そこは、戦陣のざわめき、野に吹き荒れている春の大風の中にできた、沈黙の核であった。手紙の終わりにたっしたガウェインは吼《ほ》えるような声をあげた。罠《わな》におちた野獣《けもの》のように、とまどい、悲しみにみちた叫びであった。そうしてぎっしりと文字のつまった手紙を横の寝床の上にたたきつけると、傷だらけの頭を両腕の中にうずめた。

アーサー王は手紙をひろいあげて、手の中でそれをなでさすった。王妃が書き、けんめいに送ってきてくれたものだと思うと、いつくしまないではいられなかった。が、それと同時に、アーサー王の胸の中では、この手紙がはこんできた知らせにたいする悲しみと怒りがせめぎ合うのであった。アーサーは自分の天幕《テント》付きの従者たちを呼び、自軍の将軍たちのもとをおとずれるよう命じた。いますぐ王のもとに集まるよう告げさせるためであった。ついでアーサーは、ヒュウにたいして、手紙に書かれていない詳しい事情をたずねた。ヒュウが話していると、ガウェインはよろよろと立ち上がり、さきほどゆるめて、わきに置いた剣帯を手にとったかと思うと、猛然と急ぎながら、ふたたび腰につけはじめた。まるで、天幕《テント》の垂れ布を上げれば、すぐそこ――春の嵐が吹きすさぶ闇の中に、敵が待ちかまえてでもいるかのようであった。

アーサー王はこんなガウェインの姿を見て、言った。

「ガウェイン、そなたはつぎの戦さにはくわわらずともよいぞ」

しかしガウェインは真っ赤に充血した眼をあげて、アーサーの顔にむけると、こうこたえるのだった。

「わが人生には、さまざまの戦さや争いがありました。しかし、どれにくらべても、つぎの戦さほど、手を引きたくない戦さはありません」

「そなた自身の弟と戦うのだぞ。それも、最後に残った弟だぞ」

「わたしには弟なんぞいない！」

ガウェインは吼《ほ》えるように叫んだ。

「わたしにとって、モルドレッドは死にました。ほかの弟よりも、もっと死んでいます！オークニー国の兄弟で残ったのは、もはやわたしだけです。わたしは、いままでと同じように、あなたに忠誠をつくします」

つぎの日、アーサー王の野営地がかたづけられ、軍団は海をめざして行進をはじめた。ガウェインも一緒であった。ベンウィック城の城壁の上では、そんな光景を、二人の男が眺めていた。わけがわからないというふうに眉根をよせながら、ボールスが、わきに立っているランスロットにむかって言った。

「あんなに急いで引き上げてゆくとは。いったい何があったのだろう？　きっとブリテンから悪い知らせがとどいたのだろう」

「悪い知らせにしろ、何にしろ、我々にはもはや関係のないことだ」

しかし、そうは言うものの、ランスロットは、敵の後衛がきらきらと陽《ひ》の光をはねかえしながら、遠く森の中に消えてゆこうとする姿を、最後まで目で追いつづけるのだった。《我々には関係のないことだ……》いや、いまでも自分にかかわりがあると言えるなら、どんなにうれしいことだろう！　そのためなら、ランスロットはこの世で持てるものをすべて投げ出しても惜しいと思わなかった。

アーサー王の軍勢は海岸までやってきた。そして大急ぎで呼び寄せた船団がやってくると、ふたたび船にのりこんで、ブリテン島の海岸をめざした。しかしモルドレッドはアーサー王の軍団の到来のことを聞きつけていた。そのため、大しけの海をおかしてドーヴァーの海岸に接近すると、モルドレッド率いる叛乱軍が、アーサー王を待ち受けていた。

春の嵐の黎明《れいめい》の中に、アーサー軍のラッパが鳴りわたり、叛乱軍のラッパがそれに挑みかかるように吼《ほ》えた。船底が岸の浅瀬を噛《か》むと、アーサー王の戦士たちはすわとばかりに水中に飛びおりた。それをむかえ討とうと、叛乱軍の兵たちがおしよせる。このようにしてはじまった恐ろしい激戦は終日つづいた。《狭い海》の灰色の浅瀬で――そして、時をおかず真っ赤にそまった小石の斜面で――さらに崖の道でも、石灰岩の丘のはざま、風にうちふるえる雑草の上でも、戦いがつづいた。やがて夕暮れとなり、氷のようなしのつく雨がようやく降りつくしたころ、空の雲が割れ、ぐっしょりと濡れた黄色い光が地上を照らした。そしてアーサー王の戦士たちは丘のいただきに達し、敵を一掃した。モルドレッドとその家来たちは隊を乱して後退したかと思うと、ばらばらと逃げはじめた。そして、やがて、荒涼として暮れゆく太陽の中に消えていった。

このようにして、ようやくのことに、アーサーは勝利をおさめはしたものの、それはあまりに大きな代償によってあがなわれた勝利であった。騎士や兵士たちの死骸《むくろ》が、まるで打ち上げられた海藻のように、波打ちぎわや丘の道に倒れていた。また、浅瀬にのり上げた船をびっしりとりまくようにして浮かんでいた。アーサー王は、負傷者の救助、死者の埋葬を命じると、みずからは、ドーヴァー城の上層にある粗末な小部屋で、ガウェインの横に膝をついた。ガウェインは戦死者たちのあいだに倒れているところを発見されて、ここまではこばれてきたのだった。頭の古傷が刃《やいば》にうたれ、またざっくりと口をあけていた。

ガウェインは目を開いて、海草が燃えているかすかな暖炉の光の中で、アーサーを見つめた。

「こんどこそ、致命傷です」

アーサーは狭いベッドの上に身をかがめると、両腕をガウェインの身体にまわして、ほんのすこし起き上がらせて言った。

「おお、ガウェインよ、ガウェインよ。可愛い甥よ。数ある騎士のなかでも、わたしがもっとも愛したのは、そなたとランスロットだった。そして、いま、わたしは両方を失ってしまった。この地上でのわたしの喜びは、これでもうおしまいだ」

「それも、すべて、わたしの、せいなのです」

ガウェインの口からつまり、つまり、言葉が出てきた。ガウェインは舌がまるで木片《きぎれ》にでもなってしまったかのように感じていた。

「もしもランスロットが、かつてのように、あなたのおそばにいたなら、このような情けない戦さは起きなかったはずです…　あなたにとって、いまほどランスロットが必要な時はありません。なのに、わたしがあくまでも復讐を求めたために、ランスロットを失ってしまった。ランスロットの側は、あなたにも、わたしにたいしても、何の怨《うら》みももっていないのに…　わたし――いま、わたしはランスロットに詫《わ》びて、仲直りをしたい…　でも、もう遅すぎます」

こう言うと、ガウェインはアーサー王の肩に寄りかかりながら、目を閉じた。気を失ったか、眠ってしまったかのようであった。しかしアーサー王が寝かせようとすると、ふたたび目をあけて、たずねた。

「このお城には、ペンと羊皮紙がありますか?」

「じっと寝ているのだ。いまはペンと羊皮紙などどうでもよいではないか」

するとガウェインは、くぐもったような声で、つぶやくように言った。

「この世で行なう最後のことになるかもしれません。でも、ランスロットに手紙を書かなければ。かつては友人だったのですから…」

つねに軍につきしたがっている書記の一人が、ペンと羊皮紙と蠟燭《ろうそく》を持ってきた。揺れないよう、じっとアーサー王によってささえられたガウェインは、最後の力をふりしぼりながら書いた。

「わが目にし、耳にした貴《あて》なる騎士の中でも、最高の騎士サー・ランスロットへ、わたくしガウェインよりごあいさつ申し上げ、かつてわれらのあいだに存在した暖かき友情に免じて、そなたのお赦《ゆる》しをこいたい。また、かつての友情の名のもとに、たってのお願いをしたい。急いでかき集められるだけの騎士と兵士をともなって、来てほしい。モルドレッドが叛旗をひるがえした。われらが王アーサーにはそなたの剣がぜひとも必要だ。モルドレッドは人々をだまして王が死んだと思わせ、グウィネヴィア妃を妻に迎えようとしたが、グウィネヴィア妃はロンドンの城にとじこもって、モルドレッドの手を逃れた。今日、われらはドーヴァーに上陸し、モルドレッドを敗走せしめたが、完全に決着がつくまでは、まだまだ戦わねばならない。今日の戦いで、わたしは頭に手ひどい一撃をくらった。ベンウィック城の前でそなたから受けたのと同じ場所だ。この負傷のため、わたしは瀕死の床でこれを書いている。すみやかに来られよ。モルドレッドに、これ以上反逆者を集めるすきをあたえてはならない。わが墓前に立ったなら、わたしの魂のために祈ってほしい。だがアーサーさまはご健在で、そなたの力が何としても必要だ。そなたに来てもらわねば、ログレスの国は破滅だ。心臓の血をしぼるような心持ちで、わたしはこれを書いている。さらば」

手紙の終わりちかくまでくると、ペンを持つ手がさだまらなくなり、しきりに紙からはみだしはじめた。そして最後の言葉を書きおえると、ガウェインの手から鵞ペンがぽとりと落ちた。そしてガウェインの首はがっくりとのけぞった。

「どうか、これをお送りください」

「おお、きっと送るぞ」

アーサー王は約束して、ガウェインの傷だらけの額に口づけをした。ガウェインの目がとじた。アーサーはガウェインの身体をそっと横たえた。もはやその目がひらくことはなかった。

第7章　最後の戦い

モルドレッドは西へ、西へとのがれていった。そして道々、みずからの旗下になびいてこない者たちの土地を略奪し、荒した。とはいうものの、その当時、モルドレッドになびく者も多くいた。それというのも理由はさまざまで、事態がここまで進んでしまっては、もはやアーサーから慈悲を期待するのはむりではないかと恐れる者がいるいっぽうで、モルドレッドの無法な世の方を好む者も少なくはなかった。あるいはたんに、ランスロットを愛するがゆえに、アーサーにたてつく者であれば誰にでも味方するという者もいたが、これがもっとも悲しい理由であるといえよう。

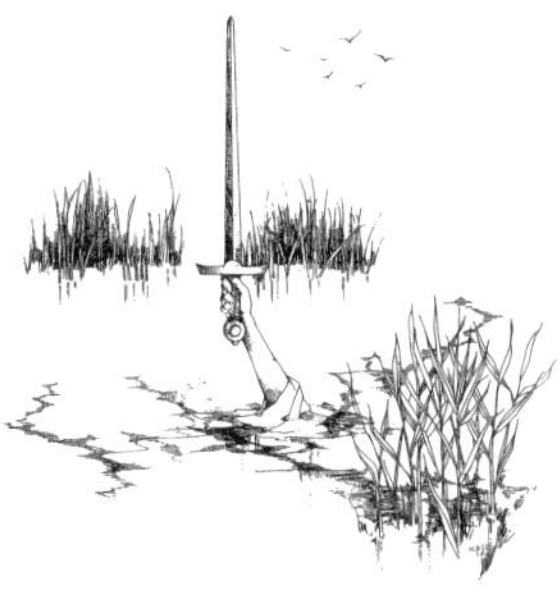

とはいうものの、正当な王のために武器をとって戦おうという思いをいだきながら集まってくる者も、モルドレッドに従う者におとらず多くあった。したがって、謀叛をおこした息子が西にむかって逃げ、それを父であるアーサーが追っていったのだが、両者の軍勢には、その大きさ、強さにおいて何らかわるところがなかった。

敵味方の軍勢は、ロンドンをかすめて過ぎ、広い森林地帯から伸び上がっている大きな尾根にそって進んでいった。アーサー王は、最後に一目なりとも王妃グウィネヴィアを見るために、そこで行軍を休止し、城市《まち》にむかいたいという気持ちにとらわれた。しかし、いまはそのときではなかった。そこでアーサーは、三人の使者を早馬にのせてつかわし、王妃はぶじだという返事を得ることで、はやる気持ちをなんとか抑えたのであった。そしてアーサーは、そんなあいだにも行軍の足と決意をにぶらせることなく、西へ、西へとひたすら進んでゆくのであった。

王軍と叛乱軍は、二度、会戦を行なった。そして二度とも大王アーサーが息子を敗走させた。こうして、ついに、西の国にひろがる湿地に深く入りこんだところで、最後の決戦を目前にして向かい合った。両軍は平らな野をはさんで、互いをにらみつけるようなかたちで陣をはった。そこは湿原の森の真ん中にひらけた、いかにも荒れた野であった。周囲をみれば、森の樹々が春の息吹にうっすらと新芽を吹き出し、曲りくねった小川が何本も走っている。王の陣営に、一人の老婆が卵とチーズを売りにやってきた。アーサーが、

「ご老女、この場所には名前があるのか？」

と、たずねると、老婆はこうこたえた。

「ええ。ここはカムランの野と呼ばれております」

その夜、つぎの日の決戦にそなえてすべての準備がととのい、アーサーは自分の天幕《テント》に身を横たえたが、眠ることはできなかった。垂れ布をくるりとまきあげた入口のところには従者たちが寝ている。そのむこうには平らな野がまるで黒い海のように茫々《ぼうぼう》とひろがっている。丈の高い草やハリエニシダの藪《やぶ》のあいだを風がさわさわと吹き抜ける音は、まさに波の響きのようだ。そうして、はるか野の果てに目をやれば、敵の見張りの焚火《たきび》がちらちらと揺れている。アーサーには、胸にさまざまの思い出が渦巻くように感じられてきた。海の潮の音はやがて、葦《あし》のざわめきへとかわり…葦《あし》のむこうには静かな水面がよこたわり…静かな水面…そこは湖、ぴたぴたと波が岸辺をうっている…魔剣《エクスカリバー》を授けられたあ

の日、マーリンがアーサーの横に立っていた。そして長い年月のむこうから、マーリンの声がアーサーの耳に響いてきた。

「そうカムランじゃ。最後の戦いが起きる場所じゃ……いや、よそう、それは別の物語、まだまだ遠い先の話じゃ」

いま、その「遠い先」が明日にせまった。この春の一夜の暗闇のむこうで待ちかまえている。この夜は、ほんとうに暗い夜だった。胤《たね》ちがいの姉の腹に、それとは知らず、モルドレッドを孕《はら》ませたその日に、アーサーは暗い運命を解きはなった。その運命がいまアーサーに、そしてアーサーが守ろうとつとめてきたすべてのものの上に襲いかかろうとしていた。明日、アーサーとモルドレッドは互いに刺しちがえて死ぬであろう。その後、ブリテン島はどうなるのだろう？　まっぷたつに引き裂かれるのだろうか？　というのも、《海の狼》と《北の蛮人》どもが、またぞろおしよせてくる機会を虎視《こし》眈々《たんたん》とねらっているのだ……

夜明け前の、冷たく暗い時間になって、アーサーはなかば起き、なかば眠っているような状態になっていた。そして、そのような状態の中で夢をみた。ただし、それが夢だったとして……

アーサーは、ガウェインが天幕《テント》の入口から入ってきたように感じた。鎧《よろい》をまとった、いつもの姿だ。しかし天幕《テント》の入口をふさぐようにして寝ている従者たちなど、いないかのように歩いてきたのはいかにも奇妙であった。また従者の方でも、ガウェインが入ってきたのがまったく見えていないようであった。アーサーは起き直った。そしてうれしさのあまり、ガウェインにむかって腕をのばした。

「ガウェインよ、よくぞ来てくれた。愛《いと》しい甥よ。そなたがぶじに生きていようとは。神に感謝しなければ。そなたはてっきりドーヴァーの町で死んで、埋められているものと思っていたぞ」

このときアーサーの目に、ガウェインの後ろに、ぼんやりとした輪郭ながら、眼がきらきらと輝いている女性たちの姿が見えた。いちばん前にいるのは、七年間ガウェインの妻だったラグネルだ。ガウェインは愛する女をふたたび見出したかと、アーサーはうれしくなった。ラグネルとともにすごした七年間は、ガウェインにとっては、騎士として、また人間として最高の年月であった。アーサーはたずねた。

「そなたとともに来た、ほかの女たちはどのような者たちなのだ？」

「アーサーさま、ここにいるのは、わたしが生きた人間であったころ、剣でもってお守りしたり、何かのかたちでお役にたつことのできた方々です。神さまはこの方々の祈りをお聞きとどけになり、そのよしみで、わたしに慈悲をおかけになりました。そのおかげで、こうしてあなたのもとに来ることが許されたのです」

「では、何か急ぎの用があって来たのだな？」

「あなたの死を告げにまいりました。あなたは、今日、モルドレッドと剣をまじえるおつもりです。しかし、もしもそうしたなら、二人とも死なねばなりません。また、あなたにつきしたがう者たちもほとんどが命をうしない、ログレスの国は暗黒のなかに落ちてしまいます。したがって、神さまが、特別のおはからいにより、こうしてわたしをお遣《つか》わしになりました。今日の戦いは中止し、モルドレッドと何かしらのとりきめを結ぶようにとの、神さまのご命令です。そのためには、モルドレッドが要求するどんなことでも呑《の》むのです。この休戦によって、一か月の時間をかせぐことができれば、そのあいだに、ランスロットとその家来たちが駆けつけてくるでしょう。そのときに力を合わせれば、モルドレッドとその軍勢を打ち破ることとなりましょう。そうすれば、王国は暗黒の運命からのがれることができます」

とつぜん、最後の言葉が口から出たか出ないかのうちに、ガウェインの姿が、立っていたその場からかき消えてしまった。また、それと同時に、眼の輝いている女たちの影もふっと消えてしまった。

ほんのしばらくすると、天幕《テント》の垂れ布のむこうに見えていた、夜の明けそめの暗々とした緑が、徐々に白んでゆくさまが、アーサーの目にうつった。アーサーは起き上がって、従者たちをよび、ルカン、ベディヴィエール、さらに司祭を二人連れてくるよう命じた。これらの者がやってきて、自分の目の前に立つと、アーサーはさっき見た幻影《まぼろし》のこと、それにガウェインから告げられたことを話した。そうしてアーサーは、いまから緑の枝を頭上にかざしながらモルドレッドのところに行き、一か月の休戦の交渉をするよう、四人に命じるのだった。

「領土でも、品物でもやると言え。あまりに法外な要求ではなければ、どんどんゆずるのだ。とにかく、何としても、わたしと、わたしに従う人々のために、一月《ひとつき》の時間をかせぐのだ」

こうしてベディヴィエール、ルカン、そして二人の司祭は、緑の枝をかかげながら自陣を出て、敵の野営地へとやってきた。そして、見るからにいかめしい五万の軍勢にかこまれながら、モルドレッドと長々と交渉を行なった。そのけっか、モルドレッドもアーサーの提案に同意した。その条件とは、今日以降、モルドレッドはケントの国と、由緒あるコーンウォール王国を領有する。また、大王アーサーの死後はブリテン島の全体の統治を引き継ぐというようなものであった。

午後一時に、両軍の陣のちょうど真ん中で、アーサーとモルドレッドが会見することがとりきめられた。これは休戦の条約に調印するためのもので、つきそいとしては、それぞれ、十四人の騎士と従者のみが許されることとなった。

ベディヴィエールとルカンはアーサー王の陣に帰ると、どんなとりきめとなったのか、王に話した。二人が話しおえると、ほっと安堵のため息がアーサー王の口からもれた。というのも、このようになめらかに事がすすむのも、ひとえに、暗黒の闇をおしかえし、ブリテンを救う道を、神がみずからお示しくださっているのだと、アーサーには感じられたからである。

とはいうものの、アーサーは息子を信用したわけではなかった。アーサーは自分の兵を野営地から出して、敵の真正面に立たせた。やがて馬が来て、えりぬきの十四人の騎士にとりまかれながら、アーサーは馬の背にまたがった。こうして会見にのぞむ準備がすべてととのうと、アーサーは部隊の隊長たちにむかって、こう命じた。

「もしも剣が抜かれるのが見えたら、命令をまつことなく、猛然と突っ込んできて、敵を手あたりしだいに殺すのだ。わたしは、どうしても心の内《なか》の黒い影をぬぐえないのだ。わたしは、モルドレッドが信用できない」

そして平らな野の反対側では、モルドレッドが自分自身の軍勢にたいして指示をあたえていた。

「もしも剣が抜かれるのを見たら、大急ぎで駆けつける。そして刃向《はむ》かう者はすべて殺すのだ。今度のとりきめは信用できない。父がわたしに復讐しようとするのは目にみえているからな」

二人は馬を進めた。そして、それぞれの軍勢の中間に位置する、約束の場所で出会うと、馬をおりて、それぞれの従者にあずけた。とりきめのことを話し合い、調印するためである。条約は、すでに書記たちが二枚の上等の子牛皮紙に記してあった。アーサーとモルドレッドは条件に合意した。そしてアーサー王の馬の鞍に紙をあてると、まずアーサーが、そしてつぎにモルドレッドが署名した。すべてが終わると、葡萄酒《ワイン》がはこばれてきた。そしてまずアーサーが、つぎにモルドレッドが、同じ酒杯から飲んだ。こうして両者のあいだに、少なくともこの一月《ひとつき》のあいだは、和睦が成立し、破滅の運命と暗黒の侵入がひとまず回避されたかにみえた。

しかし二人が杯を乾《ほ》し、条約の証書が交換されたかと思った、その瞬間、うららかな春の陽《ひ》ざしに暖められた毒へびが、あまりにまぢかをとおる人馬の足音に目覚めさせられたか、ぐるぐる巻いていたとぐろを一重《ひとえ》、二重《ふたえ》と解きながら、枯れた草の根のすきまからするすると出てきて、モルドレッド側の騎士の、ゆるんだ革紐《ひも》のあいだから、踵《かかと》にちくりと嚙《か》みついた。

騎士は火のような痛みを感じ、目を下にやると、そこに毒へびが見えた。そこで騎士は何を考えることもなく、むぞうさに剣を引き抜くと、ちっぽけな蛇をまっぷたつにたたき切った。

しかし左右に対峙《たいじ》している兵士たちは、どちらも、抜きはらった剣の刃《やいば》の上で、太陽の光がぎらぎらと嵐のように騒ぐのを見た。そしてその瞬間、言いつかっていた命令を思い出した。どちらの側からも、ものすごい叫び声があがり、角笛とラッパが鳴りわたった。両軍の兵士たちがいっせいに飛び出す。暗黒の運命そのもののように、両軍の兵士たちは真っ黒なかたまりとなり、相手にむかって、津波のようにおしよせていった。目も彩《あや》な軍旗、戦闘旗がはためく。饐《す》えたような黄色の太陽が槍や剣の切っ先を照らすと、夏の稲妻が黒雲のなかにきらめくように、するどい光がおどった。そして、馬の蹄《ひづめ》の音、ときの声、鎧《よろい》や剣のぶつかる騒音が、ごうごうと怒濤《どとう》のように響きわたり、両軍が接近してきた。

「おお、何ということだ。この呪われた日め！」

アーサーは恐ろしい声で叫んだ。鞍の上に飛びのり、馬の横腹に拍車を蹴りつけると、狂ったように急な動作で馬の首をねじまげ、駆けよってくる自軍の先頭の者たちをめざして走りはじめた。同じ瞬間に、モルドレッドも同じようにする。こうして、この二人を囲むようにして、戦いがはじまった。

いままで、およそ世のいかなる場所でも戦われたことのないような、壮絶にして凄惨な戦さであった。

戦端がひらかれたのは正午をほんのすこし過ぎたころであったが、にわかに頭上を厚い雲がおおい、あたりはまるで夕暮れ時のように暗くなった。戦闘の、黒く渦巻いた雲のような中心が、あちらへ、こちらへと移動してゆく。この黒雲はひるがえる刃《やいば》できらきらと輝いている。そして打たれた馬の悲鳴、兵士たちの怒号、気合いの叫び、瀕死のうめきなどが充満していた。そのような地に荒れくるう槍の嵐が、天に映っているのであろうか？頭上にかかった暗黒の雲のかたまりは、激しい嵐のまっただなかにあって沸騰するかのようであった。

強烈な剣の一撃があちらでもこちらでもふりおろされ、大勢の歴戦の強兵《つわもの》が斃《たお》れた。宿敵どうしの者たちが足をふらつかせながら戦い、友と友、兄と弟が剣をまじえた。時がたつにつれて、どちらの側も兵がまばらになっていった。そしてなおも生きている者の足は、地に倒れふした死骸《むくろ》にまとわりつかれることが多くなっていった。やがて、軍旗や戦闘旗は荒れた空のようにぼろぼろになり、一つ、また一つと倒され、泥にまみれた。そして踏み荒されたカムランの野は、一面、血の泥におおわれたようになった。

この長い一日のあいだ、モルドレッドとアーサー王は休むまもなく、戦いの熱した中心を駆けまわっていたが、傷一つ負うことがなかった。まるで二人とも魔法の命をさずかっているかのようであった。そして白熱した戦いの渦の中に、たえず、互いの姿をもとめた。しかし、この長く暗い一日のあいだ、出会うことはなかった。

こうして昼の時間が終わりに近づき、徐々に夜が侵入してきた。そして恐ろしいばかりの静寂が広い野の全体におおいかぶさった。昼以来、三頭の馬をのりながらにして殺されたアーサーは、いま、息をととのえるために立ちどまり、あたりを見まわした。すべてが真っ赤だった。手に持った剣の刃《やいば》は、柄《つか》まで血糊がべったりとついている。草がめりこんでいる地面は、一面が、血の海であった。そして一日中真っ黒だった雲さえもが、いまは沈みゆく夕陽《ゆうひ》に照らされて、その下腹を血色に染めていた。カムランの野を見わたしてみても、動くものは何もなかった。ただ、息もつまりそうなあの空を背景にして、大鴉が黒々とした翼をひろげて舞っていた。また耳に聞こえてくるものはといえば、遠くの狼の遠吠《とおぼ》えと、すぐそこにいる瀕死の男のうめき声だけであった。

アーサーは自分のすぐ後ろに、二人の人物が立っているのに気づいた。一人はルカン、いま一人はベディヴィエールであった。ベンウィックからアーサーとともに引き上げてきた家来たち、ドーヴァーからの行軍の途中でアーサーの軍旗のもとに馳せ参じてきた者たち、モルドレッドが裏切った際にアーサーへの忠誠を捨てた者たち、またランスロットへの愛ゆえにアーサーの敵となった者たち——そんな大勢の兵たちのうち、なおも生き残ったのは、そこで地面に剣を突きたてて、疲れきった身体をあずけている二人の男だけであった。

アーサーの胸に、苦く、真っ黒な死の味がこみ上げてきた。大きなうめき声が、思わず、アーサーの口からもれた。

「おお、何と悲しいことだ。生きてこのような日を見なければならないとは。ここに屍《しかばね》となって倒れているわが貴《とうと》い騎士たちのことを思うと、胸がつぶれる。まごうかたなく、終局のおとずれだ。だが、すべてが暗黒の中に沈むまえに…このような荒廃をもたらした張本人モルドレッドはどこにいるのだ?」

こう言うとアーサーはぐるりに視線を走らせた。すると、まだ自分の足の上に立っている人物が、もう一人いることに気づいた。モルドレッドだった。打ちすえられ、ぼろぼろに垂れ下がった鎧《よろい》を着ながら、やや離れたところに立っている。兵士たちの死骸がもつれるように散乱している中に、ひとり立っている。

アーサーは自分の息子にとどめをさすのに、聖剣《エクスカリバー》を使う気にはなれなかった。そこで、ルカンがすぐ近くに立っていたので、

「槍をくれ。今日というこの日を生み出した男が、あそこに立っている。わたしとあいつのあいだは、まだ決着がついていないのだ」

と言った。すると、ルカンはこうかえすのだった。

「王さま、あんなやつは放っておくのです。あいつは呪われています。この運命の日をこのままやり過ごしておけば、きっと、別の日に、完璧にお返しをすることができましょう。王さま、お願いでございます。昨夜の夢のことを思い起こしになってください。ガウェインの霊は何と言いましたか？　神さまのご好意とご慈悲によって、今日という日の終わりになっても、王さまはまだ生きていらっしゃいます。でも、いまは、戦うのをおよしください。こちらは三人、あちらは一人。ですから、我らは戦さに勝ったのです。この運

命の日が過ぎてしまえば、破滅の運命そのものも消え去り、またあらたな日々がおとずれましょう」

「わたしに生をあたえよ。さもなくば死を。息子を殺すまでは、事が終わらないのだ。あいつのために、ログレスの国、ブリテンの島が破滅させられた。それに大勢の立派な騎士が殺されたのだ」

そこでやむなく、ベディヴィエールは言った。

「では、王さまに神さまのご加護がございますよう」

ルカンは自分の槍を王にわたした。アーサーはこの槍を両手にぎゅっとにぎりしめると、よろける足で、ひとり立っている人物をめがけて走りはじめた。アーサーの顔は真っ赤だった。戦さにひどく酔ったようになっていた。そして走りながら、アーサーは叫んだ。

「裏切り者め。いまこそ貴様《きさま》の死の時だ」

アーサーの声を聞いてモルドレッドは顔をあげた。そして、そこに、自分の死を見た。

モルドレッドは剣を抜くと、アーサーにむかってきた。死骸につまずきながら、二人は走った。そして血のほとばしった空のもと、真っ赤な野のまん真ん中で、二人はぶつかりあった。アーサーが息子の盾の下に、渾身の力をこめて槍を突きたてる。槍は息子の身体をつらぬいた。身体の中に死の刃《やいば》を感じたモルドレッドは、ものすごい叫び声をあげた。それは猛々《たけだけ》しくも絶望の叫びであった。そしてモルドレッドは、自分自身の勢いで猟師の槍に深く突きささってしまう猪《いのしし》よろしく、串ざしのまま、前に身体を投げ出した。そして柄《つか》のために、それ以上先に行けなくなると、最後の力をふりしぼり、剣を両手で大きくふり上げ、父親でもあるブリテン大王の頭上めがけて渾身の一撃をみまった。剣は兜《かぶと》のいただきのドラゴンの横を直撃した。刃《やいば》は兜《かぶと》をわり、鎖頭巾をやぶって、頭蓋骨の中に深々とおさまった。この一撃とともに、モルドレッドは串ざしのまま絶命し、槍を道連れにして地面に倒れふした。そしてこの同じ瞬間に、アーサーも、踏みあらされ、真っ赤にそまった地面の上にくずおれた。死んだわけではなく、気を失ったのであった。

そこに、ルカンとベディヴィエールが駆けつけてきて、二人でアーサー王を抱き上げた。そして、少し進んでは休みながら、(彼ら自身がひどく傷ついていたのだ)、二人はアーサーを戦場からはこび去り、ほど遠からぬ、うち捨てられた小さな礼拝堂《チャペル》まで連れていった。二人は祭壇の前にアーサー王を寝かせた。ここなら夜の冷気から守られて、静かに休むことができるだろう。しかも、そこには、まるでアーサー王の到来を待ちかまえていたかのように、羊歯《シダ》を厚く重ねた寝床がしつらえてあった。

アーサー王を寝かせると、ルカンは胸の底からうめき声をあげて、アーサー王の足もとの地面にくずれおちた。王を屋根の下まではこぼうとする努力は、腹に穴があいているルカンにはむりな仕事だったのだ。

やがて意識がもどったアーサーは、自分の足もとに手足を投げだすようにしてころがっているルカンの遺骸に気がついた。胸に悲しみが湧きあがってきて、アーサーは思わず叫ばずにはいられなかった。

「おお、何と悲しい光景だ。ルカンは自分の方がもっと助けが必要なのに、わたしを助けようとしてくれたのだ」

ベディヴィエールは死んだ騎士のわきに膝をついて、泣いていた。二人は、いまだ《円卓》が若かりしころから、まるで兄弟のように愛しあってきた仲であった。

彼らが礼拝堂《チャペル》にやってきたときは、真っ暗だった。しかし、いまは空が晴れわたり、しばらくすると月が出てきた。そして凄絶な沈黙につつまれたカムランの野の空を、こともなげにわたってゆく。アーサーは部屋の奥の、石が崩れおちた壁のほころびに視線をむけた。かすみはじめたアーサーの目に、ぼんやりと外の光景がうつった。そして、さして遠からぬところに、さわさわとささやく葦《あし》に縁《ふち》どられた湖の岸辺が見えてきた。水面は月の皓《しろ》い炎に輝きながら、ところどころ、白い霧におおわれている。そしてこの霧と月光のせいでむこう岸が見えないので、水面はずっと果てしなくひろがっているようにも感じられた。アーサーはこの湖を知っていた。その記憶は心の底にしみついていた。

アーサーは残っている力をふりしぼって、ベディヴィエールに話しかけた。

「この湖に…この湖の別なところへ、はるか昔、マーリンに連れられてきた…」

アーサーはけんめいに声をはりあげているつもりだったので、自分では叫んでいるように感じていた。しかし出てきた声はといえば、か細くとぎれとぎれのささやきだったので、ベディヴィエールは身をかがめなければならなかった。

「さあ、もう泣くのはよすのだ。そなたには、嘆く時間はあとでたっぷりとある…　そなたと過ごせるわたしの時間は、もう短くなってきた。だが、まだ一つ、そなたに行なってほしいことが、あるのだ」

「何なりとお申しつけください。王さま、何なりとも」

「わが至宝、聖剣《エクスカリバー》を手にとって、あちらの岸辺まで持ってゆけ。そうして、遠く水の上に投げよ。それがすんだら帰ってきて、何が見えたか報告するのだ」

「王さま、ご命令どおりにいたします。そしてご報告いたします」

ベディヴィエールはこう言うと、アーサー王の横に寝かされてある偉大な剣を持ち上げた。そして傷のせいでふらふらとしながら、湖の縁《へり》までおりていった。

ベディヴィエールは水の際《きわ》に立った。岸辺には、ぽつりぽつりとハンノキが生えていた。ベディヴィエールは樹と樹のあいだをぬけようとして、低く垂れた枝の下に身をかがめた。そうしてそこで足をとめ、両手でしっかとにぎった名剣にふと目をおとした。月の皓《しろ》い炎が、柄《つか》にはめこんだ数々の宝石とたわむれた。そして、固まった血糊のあいだをかいくぐるようにして、妖精の鍛《きた》えた刃《やいば》の上を、皓《しろ》い光が、まるで流水のように走るのが見えた。

「これはブリテン大王の剣というばかりではない。アーサーの剣でもあるのだ。もしも湖の中に投げてしまったら、永遠に失われてしまうだろう。それは、いかにも、もったいないことだ」

こうして眺めれば眺めるほど、決心が揺らいできた。そうして、ついに、ベディヴィエールは水面に背をむけると、ハンノキの根っこのあいだに聖剣《エクスカリバー》を隠した。

こうしてベディヴィエールはアーサーのもとにもどっていった。

「命じたとおりにしたか？」

「そういたしました、王さま」

「では、何が見えた？」

「月明かりの下で何ほどのものも見えませんが、ただ、ひろい湖の水面に明るいさざ波のひろがるのが見えました」

「そなたは嘘をついている。もう一度湖にもどれ。そなたのことを信頼しているのだから、命じられたとおりにするのだ」

そこでベディヴィエールは湖の岸へとひき返してゆき、隠し場所から剣をとり出した。こんどは王に言われたとおりにするつもりだった。しかし、またもや、月の皓《しろ》い炎が柄《つか》の宝石のうえで燃え、刃《やいば》をきらきらと輝かせると、ベディヴィエールの手には剣の強い魔力が感じられた。これはまるで生き物ではないか、とベディヴィエールは思うのだった。

「《円卓》も世も若かったころ我らが行なったように、もしもまたみなが結集して、迫りくる暗闇をおしかえそうと思ったら、そのとき、指導者が真に持つべき剣はこれしかないぞ」

こう考えたベディヴィエールは、剣を隠し場所にふたたびもどして、アーサー王が待っている礼拝堂《チャペル》に帰っていった。

「今度はわたしの命令をはたしたか？」

「聖剣《エクスカリバー》を湖上遠くに投げました」

「で、何が見えた？」

「夜風の中で葦《あし》がそよぐばかりでした」

こんなベディヴィエールの返事に、アーサーは、厳しい、苦悩をふくんだ声でこうささやくのだった。

「いままで、円卓の騎士のうち、裏切り者はモルドレッドだけかと思っていた。だが、これで、そなたはわたしを二度も裏切った。わたしはそなたを愛した。そして円卓の騎士たちのなかでも、最高に貴い騎士の一人だと思っていた。なのに、そなたは豪華な剣に目がくらんで、わたしの信頼を裏切るつもりなのか？」

ベディヴィエールはアーサー王の前にひざまずき、しばらく首をうなだれていた。そうして、やがてこのように言うのだった。

「王さま、宝剣に目がくらんだのではありません。わたしは恥ずかしい気持ちでいっぱいです。でも、高価な剣に目がくらんだのではありません。柄《つか》の宝石も、みごとに鍛《きた》えられた刃《やいば》も惜しかったわけではありません」

「それは、わかっているぞ」

とアーサー王は、もっと優しい声でかえした。

「だが、さあ、いますぐ、もう一度行け。今度こそ裏切るでないぞ。そなたにとって、まだ、わたしの愛がだいじならば」

ベディヴィエールは、こわばった身体をのばして立ち上がった。そして、ふたたび水際におりてゆき、隠し場所から名剣をとり出した。今度も手に、剣の魔力を感じないではいられなかった。また、皓《しろ》い月の炎に燃える刃《やいば》が目にはいった。しかし、三度目の今度は、一瞬のためらいもなく、剣を頭上にふりあげると、腕と胸と肩の力よ、これでつきよとばかりに、湖面の上遠くに投げはなった。

ベディヴィエールは水しぶきの音を待った。しかし、それが聞こえることはなかった。というのも、霧のかかった湖面から、一本の手、白い銀襴の袖をまとった腕がのびあがり、剣の柄《つか》をしっかりと受けとめたのだ。その手は、別れを告げるかのように、ゆっくりと大きな円を描きながら、三度、聖剣《エクスカリバー》をふった。そうして水の中に消えていった。こうして偉大な名剣は、何の痕跡も残すこともなく、世の人の目から永遠に姿を消してしまった。沈んだ場所さえわからなかった。そこから波の円《まる》い紋が広がることもなかったからだ。

ベディヴィエールは涙に目がくらみながら、くるりと湖に背をむけて、よろけながら礼拝堂《チャペル》で待っている王のもとへと帰っていった。

「ご命令をはたしました」

「では、何が見えた?」

「一本の手、銀襴の袖をまとった腕が、湖面から出てきました。その手が聖剣《エクスカリバー》をとらえ、別れを告げるように、三度、それをふりました。そして、剣をつかんだまま、水のなかに沈みました」

「今度は嘘ではないな。でかしたぞ」

と言いながら、アーサー王は枕の上に身を起こした。

「いまから、わたしはここを去らねばならない。わたしに手を貸して、水際まで連れていってくれ」

ベディヴィエールはアーサー王を立たせ、自分の肩で王の身体をささえた。そうしてなかばささえながら、なかば運ぶようにして、湖の岸辺までつれていった。

湖岸。さきほどまでは、月光に照らされながら、波がぴたぴたと打ちよせ、葦《あし》がざわざわとささやいているばかりだったのに、いまは、ハンノキの影に、黒い布を張った細い屋形船があった。まるで二人が来るのを待っていたかのようであった。船には三人の貴婦人がのっていた。三人とも黒い長衣《ローブ》を身にまとい、王妃の冠の下に黒いヴェールをかぶって、髪をかくしている。女たちの顔と、さしのべた手だけが白く見える。三人の女は土手の上の二人を見上げながら、泣いていた。一人はノースガリスの王妃、いま一人は湖の姫ニムエだった。そして三人目は妖姫モルガンだった。いまは暗黒の運命の意匠が描きつくされたので、自分自身の悪い性《さが》の束縛からついに解きはなたれたのであった。

「さあ、わたしを船に寝かせてくれ。わたしが来るのをずっと待っていたのだ」

アーサーが言うと、ベディヴィエールはアーサーをかかえながら土手をおりていった。そうして、優しくアーサーの身体をおろしてゆき、黒衣をまとった三人の貴婦人の手にゆだねた。三人はアーサーの身体をうけとると、何やらそっとささやきながら、船のなかに横たえた。湖の姫は、傷ついたアーサーの頭を自分の膝にのせた。妖姫モルガンはアーサーの横に膝をついて、こう言うのだった。

「おお、かわいい弟アーサー。ずっとお待ちしていたのに、来るのがずいぶん遅れたのですね。傷がすっかり冷たくなってしまったではありませんか」

船が動きはじめ、ハンノキの影から漂いでた。ベディヴィエールは一人岸に残された。ベディヴィエールは暗闇に一人残された子どものように、心細い声で叫んだ。

「ああ、アーサー王さま、あなたに去られて、一人残されたわたしはいったいどうなるのです?」

するとアーサー王は目をひらいて、これが最後とばかりにベディヴィエールを見やった。

「気をおとすでない。そなたの力の及ぶかぎり頑張るのだ。いま、わたしはアヴァロンの谷に行って、このひどい傷を癒さなければならない。いつの日か――ブリテンが絶体絶命の窮地に立ったとき――わたしはもどってくる。それがいつなのかは、わたしにもわからない。遠い先であることはまちがいないが……しかし、もしも人の世でわたしの噂を聞くことがなければ、どうか、わたしの魂のために祈ってくれ」

船は水と月のあいだの白い霧のなかへと漂っていった。そして船に霧がからみつき、消えてしまった。ほんの一瞬のあいだ、眼をこらして追いつづけていたベディヴィエールは、泣き女が死者を悼《いた》んで号泣しているような、哀《かな》しい泣き声をかすかに耳にしたような気がした。

しかし、やがて、それも消えてしまい、あとにはもの寂しげな湖岸に葦《あし》のささやき声だけがひびいた。

ベディヴィエールは湖に背をむけると、よろめく足でもどりはじめた。そして、そこからさほど遠くない、暗々とした森の縁《へり》をめざして歩きはじめた。船が残していった寂しさはたえがたかった。それに白々と冷たい月の光はもうたくさんだ。森の樹々の下に入ったら逃れられるだろう……

一晩中、悲しみのあまり目もみえず、傷の痛みにふらつきながら、ベディヴィエールはハンノキの森、柳の群れ茂ったあいだをさまよい歩いた。そうして、やがて夜が明けると、草屋根の礼拝堂《チャペル》を見つけた。まわりには、廃虚となった小さな僧房がびっしりとならんでいる。そんなささやかな小屋の一つ――ほかとくらべて、それほど荒れ果てていない建物から、灯心草の蠟燭《ろうそく》の光がかすかにもれていた。そしてなかで誰かの動く音がした。ベディヴィエールは小屋にむかっていったが、敷居の上にばったりと倒れてしまった。すると年長《とした》けた隠者が襤褸《ぼろ》にくるまって出てきて、ベディヴィエールを迎え入れ、世話をしてくれた。それは、かつての大司教――デュブリシウスであった。

第8章　りんごの樹の茂るアヴァロン

ガウェインの手紙を受けとるが早いか、ランスロットは、ベンウィック中の戦える男という男をかき集めはじめた。そうしてすべての者がそろい、武器や食糧が大急ぎでととのえられ、必要な帆船やガレー船が集まると、ランスロットは《狭い海》をわたり、ドーヴァーに上陸した。

上陸するや、さっそく、ランスロットはドーヴァーの人間をつかまえて、ブリテン大王アーサーの消息をたずねた。すると男たちは、ほぼ一か月前に、まさにその岸辺で戦いがあったこと、アーサー王がモルドレッドをはねかえして、最後には上陸に成功したことを

話した。さらに男たちは、モルドレッドが西の方へ逃げてゆき、アーサー王がぴったりと後について追跡していったことを告げた。そして、風のたよりに、どこか西の地方で、恐ろしい最後の戦いが行なわれたらしいと言うのだった。この戦いで両軍とも兵はすべて死にたえ、モルドレッドは戦死し、アーサー王も殺されたらしい。もしくは一部の人の噂では、殺されたのではなく、傷を癒すためにアヴァロンへとはこばれて行ったのだと言われていると、人々はランスロットに教えた。ただし、このような噂については、誰もほんとうのところはわからない、すべてが霧と翳《かげ》につつまれているようだと、つけたすのだった。

しかし、ランスロットがガウェインの運命についてたずねると、こちらについては、人々ははっきりと知っているると答えるのだった。そして人々はランスロットを城の中の礼拝堂《チャペル》につれてゆき、祭壇の前の、はめられたばかりの灰色の石版をさして、あの下に、オークニー国王の血筋につらなる最後の者が眠っているのだと教えた。

ランスロットはひざまずいた。そしてガラスのない、大きな縦長の窓から侵入してくる海風のにおいを感じ、カモメの鳴き声を耳にすると、ガウェインもこのようなものを感じているのだろうか、それらによって、北の故郷《ふるさと》の海風やカモメのことを思い出しているのだろうか…という思いが胸にわいてきた。ランスロットは、この場所で一夜をすごした。首をたれ、組み合わせた両手の上に涙がしたたり落ちるのもかまわず、ガウェインの魂のために祈った。そして炎のような髪と、炎のような気性をもった、型破りな男のことを思って泣いた。ガウェインとは何十年も友人だった。その後、敵対したが、これで、いまはまた友人になったとランスロットは感じていた。

朝になった。ランスロットは自分に従う騎士や貴族たちを呼びあつめて、このように話した。

「わが親しき同胞《きょうだい》たちよ。この国までわたしとともに来てくれたことを、みなに感謝する。だが、我々はどうやらまにあわなかったようだ。そして、そのために、これからわたしに残された人生をすごすあいだ、一日として、わが心より悲しみの去ることはあるまい。だが、みなは、わが従弟《いとこ》ボールスの指揮のもと、ここで一月《ひとつき》のあいだ待機していてほしい。そしてボールスをわたしだと思って、その命令に従ってほしい。しかし、その一月《ひとつき》がたってもわたしが帰らないか、わたしから何も連絡がなければ、そのときは、国に帰っていただきたい。みなに神の祝福がありますように」

「で、そなたは？」

と、ボールスがきいた。

「その一月《ひとつき》のあいだに、そなたは何をするのだ？」

「わたしは西に行ってみる。まずはロンドンに行って、王妃のぶじを確かめたい。それからさらに西に進み、アヴァロンをめざす。そして、その後は——さぁ、わからぬ」

「いまのようなありさまのブリテンを一人で旅するのは、気違い沙汰じゃないか。曠野《あらの》には味方などほとんどいないし、信頼する者の後ろだてが、ぜひとも必要になるぞ」

「わたしはこれまでにも、後ろだてなどなしに、この国のすみずみを旅してまわったことがある。そして、たしかに、味方などまるでいなかった。だが、敵にぐるりを囲まれたら、二十人いるよりも、一人の方が突破することが容易なこともある。それに、いずれにせよ、これは、わたしが一人でむかわなければならない冒険なのだ。だから、さらばだ」

こうしてつぎの日、空がうっすらと白んできた夜の明けそめとともに、ランスロットは砂の丘をこえ、ウィールデンの森をぬけて、ロンドンへと馬を進めた。

しかしロンドンの城市《まち》に入り、王の城館《やかた》に駆けつけると、城代のガラガルスから、王妃グウィネヴィアはもはやそこにはいないと告げられた。およそ一月《ひとつき》前のこと、ベディヴィエールより、西の国で大戦《おおいくさ》があったこと、そしてアーサーが世を去ったことが伝えられてきた。そしてこの知らせがきた日の夜のあいだに、王妃は姿を消したというのだ。また五人の侍女も一緒にいなくなったという。

ランスロットは疲労のあまり身体がぐらぐら揺れていた。激しく馬を駆ってきたので、はねあげた泥が身体じゅうにこびりついている。遠吠《とおぼ》えする犬のように、思いきり嘆きたい、目の前の心配そうな顔の老騎士をぶんなぐってやりたいという欲望を必死におさえながら、ランスロットは、ていねいにたずねるのだった。

「お妃さまがいったいどこに行かれたのか、お心あたりがあれば教えていただきたい」

しかしガラガルスは首を横にふった。

「たぶん西の方、アヴァロンにむかったのかもしれませんな」

「で、誰もさがさなかったのですか？」

「お妃さまは、自分がこれから行く場所は、よく知っているところだ。誰もさがそうとしてはならない、と書き残されたのです。あのお方はまだ王妃ですから、ご命令を無にするわけにはまいりません。とはいうものの、我々はさがしたのです。だが、わずかな痕跡もありませんでした」

ランスロットはロンドンで一夜をすごした。そしてつぎの日の朝、ミサに出たあと、馬をとりかえてふたたび旅にでた。しかし、いまは、何をおいても王妃を見つけるために、西をめざすのであった。

森の道をさまざまにたどりながら、ランスロットは広い地域に捜索の足をのばした。燃えたたんばかりの新緑の森が、しだいに夏の深い緑へとかわっていった。そんなあいだランスロットは、グウィネヴィアが災難に出会うまえに見つけたいと、そればかり心に念じていた。広い範囲の森林が焼けただれていることが、よくあった。たいてい、そんなところには、略奪され破壊された農家があり、鴉につつかれて丸はだかになった人骨や家畜の骨がころがっているせいで、いやがうえにも無惨な光景となっている。モルドレッドが西にむかっていった通り道であることは一目瞭然であった。生きた人間を見かけると、ランスロットは、かならず、五人の乙女がつきそった貴婦人が、このあたりを通りかかったというような噂をきいていないかとたずねた。しかし、そのような一行を見たという者は一人もいなかった。

ロンドンを去って十五日目の夕方、ランスロットはアームズベリーにやってきた。ここには大きな女子修道院があったので、ランスロットは一夜の宿をかりようと思った。というのも、当時は、修道士、修道女のための施設であれば、門をくぐった敷地内に客をとめる家屋があり、男女をとわず、いかなる者でも歓迎して宿をかすのが通例であった。立派な馬にのった王侯貴族と、徒歩でゆくしがない旅人を区別することもなかった。

このようなわけで、修道院長の尼僧はランスロットを歓迎し、疲れた馬の世話をするために召使を厩《うまや》におくり、またみずからランスロットを案内して、客用の施設へと導いていった。

こうして二人が回廊を歩いていると、白と黒の衣に身をつつんだ一人の修道女が、よそよそしくも心静かなようすで歩いてくるのが見えた。修道女はうつむいており、顔はヴェールの翳《かげ》にかくれていて見えなかった。しかしお互いに近づいてくると、女はあっと、小さく、息を殺した悲鳴をあげた。そしてたっぷりとした袖に隠れていた手が、さっと胸にあてられた。どこでお目にかかろうと、それが誰の手なのか、ランスロットには一目でわかった。修道女の身体がぐらりと揺れた。そしてふっと意識が遠のいて、床の上にくずおれてしまった。そのとたん夢見ごこちになってしまったランスロット――気がついてみると、そこに、王妃グウィネヴィアの顔をのぞきこんでいる自分がいた。

ランスロットは膝をおって、グウィネヴィアを抱きおこそうとした。しかし修道院長は片手をそっとあげて、ランスロットをおさえた。この人物の泰然とした物腰には、さからうことなど思いもよらないほどの威厳が感じられた。まもなく、白と黒の衣をまとった修道女たちが、優しい小鳥の群れのように集まってきて、グウィネヴィアを立ち上がらせると、ささえながら連れていった。

つぎの日の早朝、修道院長の特別の許可によって、ランスロットとグウィネヴィアは北の回廊で話をした。よく晴れた初夏の朝であった。回廊は緑の茂る、心やすまる中庭を囲んでいる。その中央にはカリンの樹が生えており、いちばん上の枝では、ムシクイが歌っている。ランスロットは、もはや王妃ではないグウィネヴィアの顔をじいっと見つめていいた。グウィネヴィアの銀の糸がまじった黒髪はヴェールの下に隠されているが、その眼は、ランスロットがいつも目にしていた、柳の葉のような灰色がかった緑であった。ただ、眼にやどった翳《かげ》は前よりも深まっていた。

「あなた、ベンウィックからもどっていらっしゃったのですね」

と、グウィネヴィアはついに口をひらいた。

「アーサーを助けるためなのですね？」

ランスロットは頭をさげた。

「ガウェインが手紙をよこしました。死の床で書いた手紙です。そうして、起きたことのあらまし――ドーヴァーで戦いがあり、モルドレッドが西にむかって逃げ、アーサーが後を追って行くと書かれてありました。あなたがモルドレッドの毒牙をのがれて、ロンドンの城砦にこもったことも、この手紙で知りました。そしてガウェインはわたしに来るよう命じました。アーサー王が、ぜひともわたしを必要としていると。そこでわたしは大急ぎで戦士を集めて、やって来たというわけです。だけどドーヴァーにつくと、最後の戦いがすでに行なわれ、わたしはまにあわなかったことを知りました。そして、アーサー王を追って西に行く前にあなたのぶじを確かめようとロンドンに来てみると、ベディヴィエールから知らせがとどいたこと、あなたが五人の侍女をつれて人知れず姿をくらませ、その後のあなたの消息は不明であると告げられました」

「だから、わたしをさがしにきた……そして見つけて、いま、こうしてごらんになっているというわけですね」

「アーサーのためですか？」

「あのような不幸な出来事がつぎつぎと起きたのは、すべて、わたしがあなたを愛し、あなたに愛されたがゆえです。そのためにわが夫アーサーが遠く手のとどかぬところに去ってしまい、ログレスの国が滅びたのです。ですから、ベディヴィエールの手紙を受けとると、わたしはひそかに、わたしを愛してくれる五人の侍女たちとともに、ここに来ました。そしてこの静かな場所で、わたしは浄《きよ》い生活に入ることを誓いました。わたしは残された人生の時間を、ここで、修道女としてすごします。そしてわたしの魂が癒されますよう、わたしの罪とあなたの罪が赦《ゆる》されますよう、神さまにお祈りしながらすごすつもりです。それから、アーサーさまと、カムランの野に散ったすぐれた騎士たちの魂のために、お祈りしようと思います」

「アーサー王は、はっきり亡くなったというわけではありません」

と、ランスロットは言った。これは、グウィネヴィアの決心を変えさせようというのではなく、その心の痛みをいくらかでもやわらげようというつもりであった。

しかしグウィネヴィアは首を横にふった。

「わたしが生きているうちは、帰ってはこられないでしょう。それにあなたの生きているあいだにも…」

グウィネヴィアは一息いれて、さらに続けた。

「この世では、あなたとわたしはもはや会ってはならないのです。ですから…ですから、いままでの弱いわたしにはその勇気がなかったのですが、いまは、きっぱりと、あなたを自由にしてさしあげましょう。ご自分の国にお帰りなさい。そして妻をむかえ、楽しくお過ごしください。でも、あなた、わたしのために祈ることをいつも忘れないでください。神さまがわたしの罪をお赦《ゆる》しくださり、わたしの魂を癒してくださいますように」

「そうおっしゃられても」

と、ランスロットはかえした。

「騎士に叙していただいた、その瞬間から、わたしはあなたを愛しつづけてきました。それに、もうこの年ですから、長年の習慣をかえることなどできるわけがありません。さあ、いまからあなたは自由です、誰とでも結婚してよいですよと、たとえ百度《たび》言われようと、グウィネヴィア、わたしにそんなことができないことぐらい、十分にご存じでしょう。わたしは、今後とも、あなたを裏切るようなことは、絶対に行ないません。そのかわり、別のかたちで、あなたにおつきあいさせていただきます。あなたが信仰の誓いをお立てになったように、わたしも、そういたします。騎士の鎧《よろい》を、隠者のまといにかえて、残された日々を祈りと断食の修行のうちにすごしたいと思います」

ランスロットはとても優しく微笑んだ。昔どおりの、ねじれたような微笑みだった。

「だが、わたしの祈りの中心は、あなたです。あなたが心の平安と、魂の癒しが得られますよう、お祈りします」

「ご自身のためにお祈りください。ご自身のために」

「やってみましょう。だけど、わたしは祈ることがあまり得意ではありません。あなたもよくご存じでしょう。これまで祈ろうとしたことは、数かぎりないのですが。ですから、わたしの祈りによって、我々のうちのどちらか片方だけにでも神さまが目をかけてくださるなら、そうして、それによってあなたの魂の重荷が軽くなったと思うことができれば、わたしは満足です。それすら神さまがこばまれることは、よもやありますまい」

ランスロットは手をのばして、グウィネヴィアに触れようとした。しかしグウィネヴィアは身体を後ろにひいた。

「いいえ。もう二度と」

ランスロットの手はぶらんとわきにおちた。そして二人は互いの顔をじっと見つめあった。長い一瞬であった。カリンの樹で、ムシクイが歌っていた。胸がはりさけんばかりに歌っていた。

グウィネヴィアはぐるりと背をむけて、歩き去った。ランスロットはそんなグウィネヴィアの後ろ姿をじっと見つめた。しかし、やがて、回廊の翳《かげ》が女の姿を呑《の》みこんでしまった。ランスロットもくるりとふりむいて、馬が待っている、外の庭のほうへと、よろめく足どりで歩いていった。まるでとつぜん目が見えなくなったかのようであった。

ランスロットは馬の首を西にむけた。そしてアーサー王の消息が知れないものかと、たえず人にたずねながら、アヴァロンをとりまいている湿原をめざした。こうして、ある夕べのこと、ランスロットは一面にひろがる葦《あし》、無数に枝分かれした水路、それにじめじめとしたハンノキの茂みを抜け出して、高台に出た。すると、目の前に、二つの丘にはさまれた谷間がひらけ、草屋根の礼拝堂《チャペル》が見えた。そのぐるりをとりまくようにして、簡素なつくりの、粗末な小屋が群がっている。そうしてミサのはじまりを告げる鐘が聞こえてきた。

ランスロットは鞍からおり、馬をひきながら最後の坂をのぼりきると、礼拝堂《チャペル》のわきに生えている古いりんごの樹の、低く垂れた枝に手綱をひっかけた。そしてミサに参列しようと、建物のなかに入っていった。

外では西に傾いた夕陽《ゆうひ》を目にうけていたので、翳《かげ》に満ちた礼拝堂《チャペル》のなかはひどく暗く感じられた。したがって、糸のように細い声で、ミサの儀式をとり行なっている老いさらばえた人物が、かつての偉大な大司教デュブリシウスであることに、ランスロットは、最初、気づかなかった。しかし、徐々に目とともに心も澄んできたのであろうか、ランスロットははっと老人の正体に気がついた。また、何かと老人の補助をしている、茶色の長衣《ローブ》を着た人物が、ベディヴィエールであることもわかった。ランスロットは驚かなかった。むしろ、これこそが当然のことであるように感じられた。そして、また、むこうの二人もこれがランスロットだと気づいており、ランスロットがこうしてやって来たことが、まさに当然のことに感じているようだと、ランスロットは思った。まるで世のなかに、これほど自然なことはないとでもいわんばかりであった。

ミサが終わると、二人はランスロットを歓迎してむかえ、自分たちと一緒に来るようさそった。そして宿につくと、黒いライ麦パンと泉の水の食事をとってから、それぞれにとってもっともたいせつなことをともに語りあうのであった。

ランスロットはたずねた。

「王さまはどうなされたのです？」

しかし、二人は、ベディヴィエールがすでに王妃への手紙に記した以上のことを話すことができなかった。ランスロットは狐につままれたような顔をした。

「だが、ここはアヴァロンなのですね?」

と、ランスロットはなかばたずねるような調子で言った。

「ベディヴィエール、そなたは言ったではないか――王は傷を癒してもらうためにアヴァロンにむかった、と」

「それから、また、この世でわたしの噂を聞くことがなければ、わが魂のために祈ってくれとも、王さまは言われました」

と、茶色い隠者の衣を着たベディヴィエールは言った。

ランスロットは首を横にふった。あまりに疲労困憊《こんぱい》していて、うまく頭がまわってくれない。しかしランスロットはアーサーの生きた姿を見ようと、あるいはアーサーの墓を見せてもらうためにここまでやって来たのだ。

「だが、ここはアヴァロンなのですね」

と、ランスロットはふたたび言った。

ランスロットのわけがわからないという顔を見て、老いた大司教は優しく説明するのだった。アーサーが聖剣《エクスカリバー》を手に入れた日に、マーリンは若きアーサーにむかって、アヴァロンのことを話した。いま、大司教は、自分がそれとほとんど同じ言葉をもちいているということを知らない。

「りんごの樹のアヴァロンは、よその場所とはまったくちがう。そこは生身の人間の世界と、命のつきぬ者の国の境目となっている。われわれがいまいるのは、生身の人間のアヴァロンだ。じゃが、もう一つ別のアヴァロンがある。王さまはここにいるが、霧のむこうに去ってしまったのじゃ」

このような説明も、マーリンならよく理解しただろう。しかしマーリンはこの三十年からの歳月を、魔法のサンザシの樹の下で眠りつづけている。そしてランスロットはあまりに疲れはてていて、理解するどころではなかった。

しかしランスロットは、自分は旅の終わりにたどりついたと思った。

「わたしも、あなた方の仲間に入れていただけますか？」

と、ランスロットはたずねた。

「それから、わたしの馬に宿る場所をあたえ、草を喰《は》ませてやってくださいますか？　よく役に立ってくれましたから」

「そういたしましょう。よろこんで」

と、ベディヴィエールがかえすと、老いた大司教もこう言うのだった。

「わが息子よ、ようこそ」

こうしてランスロット――キリスト教を奉じる世で最高の騎士であったランスロット――は騎士のいでたちを脱ぎ捨て、二人が着ているような茶色の僧服をまとうことになったのである。


まるまる一月《ひとつき》がすぎ、そのあいだにランスロットから何のたよりもなかったので、ドーヴァーで待機していた軍勢は、あらかじめランスロットから命じられていたように、出発の準備をはじめた。しかし、ボールス自身と、沼のエクトル、ブラモア、ブレオベリス、その他、ランスロットと血のつながった者、とくに親《ちか》しかった友人たちは、ブリテン島に残ることを決意した。生きているものならその姿をじかに目にし、死んでしまったならそのことをしかと確かめるまでは、捜索の手をゆるめまいと思ったのである。こうして騎士たちは袂《たもと》をわかった。そして、いなくなった指導者の姿を求めて、それぞれが、単騎、ブリテン島のすみからすみまでを旅してまわった。

ある日のこと。ボールスは、二つの丘にはさまれた谷にのぞみ、草屋根の礼拝堂《チャペル》、それをとりまくみすぼらしい小屋の集まりを目にした。時あたかも春。あたりにはりんごの樹が真っ白な花を咲かせ、まるで雪の衣装をまとったようだ。礼拝堂《チャペル》から少し斜面をくだったあたりで、小ぶりのりんごの樹が群がっているところで、静かに草を喰《は》んでいる戦馬《いくさうま》が見えた。そして小さな鐘が鳴り、ミサのはじまりを告げた。

ボールスは礼拝堂《チャペル》のわきの樹の、低い枝に馬の手綱をひっかけると、鐘のさそいにこたえてミサの祈りに参列しようと思い、建物に入っていった。なかには茶色の衣をまとった三人の修行者がいた。そのうちの一人はきわめて高齢で、するどい光を放つ眼の生命力だけで、なおもこの地上につなぎとめられているように思われるほどであった。この人物は、もちろん、大司教であった。そして残りの二人はベディヴィエールと、湖のランスロットであった。ボールスは、これで自分の捜索は終わったと思った。そしてともにミサをすませると、ボールスは自分も仲間にくわえていただきたいと、大司教に頼むのだった。

こうしてボールスもまた、騎士のまといを、茶の粗布《あらぬの》の僧服に着がえた。また馬を放ち、ランスロットの馬にならんで草を喰《は》ませるのであった。こうして、この世にある残された日々を、祈りと断食修行の生活にささげることにしたのである。

それから半年のうちに、ブラモア、ブレオベリスをはじめとして、いまはなき円卓の騎士団に属していた幾人かの騎士たちが、一人、また一人と集まってきた。そして、やがて、老いた大司教が亡くなると、その存命中に司祭にしてもらったランスロットが大司教の後《あと》釜《がま》にすわり、そのほかの者のために、そしてこの方面にたまさか通りかかった旅人たちのために、ミサをとり行なうのであった。

このようにして七年の月日が流れていった。かつて騎士だった者たちは、救いと慰めを求めてくる人々に力をかしながら、祈りと清貧の生活をおくった。そうして粗末な祭壇に蜜蠟《みつろう》の蠟燭《ろうそく》の炎をたやさぬようにつとめながら、ここにだけはログレスの国の最後の明かりをともしつづけたのである。しかし、いまは暗黒の闇が侵入してきて、国中をおおいつくそうとしていた。というのも、コーンウォール公爵のコンスタンティン——アーサーの遠縁の若者——がブリテン島大王の位を引き継ぎ、ドラゴンの旗印のもと、兵を率いて戦いはしたものの、しょせん、コンスタンティンはコンスタンティンにすぎず、アーサーにはなれなかった。海をわたってやってくる《海の狼》、山岳地帯、北の国から襲来する《古い人々》の圧倒的な力を前にして、コンスタンティンにはなすすべもなかった。

七年の歳月が過ぎ去った、ある夜のことであった。一夜のあいだに、三度《みたび》、ランスロットはグウィネヴィアが死のうとして、自分を呼んでいる夢をみた。生きているあいだではなく、死んでから、七人の同胞たちとともに馬と棺台をもって来てほしい。そうして遺骸となったわたしをアヴァロンに連れてきて、埋葬してほしいと、夢枕にたったグウィネヴィアは訴えた。

ランスロットは起き上がり、ほかの者たちを起こした。そしてみなで柳の若木を編み、馬籠《うまかご》をこしらえた上で、戦馬《いくさうま》のなかで、もっとも年をとって賢く、性格の丸くなったものを二頭えらんだ。そうして一同はアームズベリーをめざして出発した。八人の男が、みな裸足《はだし》で道を歩んでいった。

アヴァロンからアームズベリーまではわずか三十里《マイル》しかなかったが、旅には三日の時日を要した。というのも、みな高齢となり、かつてのように長い距離を歩くだけの体力がなくなっていたからだ。こうして一行はアームズベリーの町に入り、修道院に到着した。すると、グウィネヴィアが、昨晩、静かに息を引きとったことを告げられた。ランスロットはグウィネヴィアが寝かされている部屋へと案内された。グウィネヴィアはなおも修道女の衣をまとっていた。そして両手は胸の上で組み合わされてあった。ランスロットはグウィネヴィアの顔をじっと食い入るように見つめた。ランスロットは泣かなかった。しかし、一つ大きくため息をついた。まるでランスロットの身体から、魂そのものが抜け出したような――そんなため息に聞こえた。

つぎの日の朝、グウィネヴィアの遺骸は馬籠《うまかご》の上に寝かされた。そしてランスロットをはじめとする八人の修道士たちが、左右に四人ずつならび、アヴァロンにむかって旅だった。

修道院の小さな教会までもどると、彼らは、グウィネヴィアのために、祭壇の前に墓をこしらえた。そうして遺骸が、女子修道院の修道女たちが用意してくれた柔らかな絹の布にぴったりとくるまれると、ランスロットその人によって、葬送のミサがとり行なわれた。式が終わると、人々は遺骸を安らぎにみちた墓のなかに寝かせた。そして色とりどりの晩夏の花で、グウィネヴィアの全身をおおいつくすのであった。

こうして、すべてが終わった。しかし、この日を境に、ランスロットは老いて疲れはてた猟犬のように、病みはじめた。ほとんど食べることも、飲むこともせず、影のようにやせ細り、衰弱していった。そしてグウィネヴィアの遺骸を見送ったその日から数えて六週間とたたないうちに、ランスロットも息をひきとった。

亡くなったランスロットが祭壇の前に安置されて、埋葬の時を待っているとき、腹違いの弟である《沼のエクトル》が、七年間兄をさがしつづけたあげく、ようやくアヴァロンにまでたどりついた。風の強い、秋の黄昏《たそがれ》だった。エクトルは教会のなかで松明《たいまつ》が燃えているのを目にした。そして厳《おごそ》かなゆったりとした聖歌の響きが聞こえてきた。エクトルは馬をおりた。そして建物のわきに生えた古いりんごの樹の、実がたわわになった低い枝に、馬の手綱をひっかけた。何かはわからない。しかしエクトルは得体のしれない何ものかにひかれ、開いている扉をくぐってなかに入っていった。

なかに入ると、しきりと風に揺れる松明《たいまつ》の明かりに照らされた、茶色の衣をまとった修行者たちの姿が見えた。また、骨ばった大きな手を胸の上に組み、祭壇の前に寝ている者の姿が目に入った。エクトルは扉のところでひざまずいて待った。しばらくすると、聖歌の詠唱が終わった。そして修行者たちは立ち上がり、いったい誰が来たのだろうと、くるりとふりかえった。その瞬間、修行者たちもエクトルも、お互いが誰だかわかった。そして、かつてサー・ボールスだった老人が、両手を前にさしだしながら、穏やかな顔で近づいてきた。

エクトルは目の前の人々の顔をつぎつぎと眺めた。まずベディヴィエールから、ブレオベリスまでぐるりと見まわし、そしてたずねた。

「ランスロットの噂はお聞きになっているか？　この七年以上というもの、ずっとさがしつづけているのだ」

「そなたの旅は終わった」

と、ボールスは言って、エクトルを祭壇の方へと導いていった。ほかの者たちはエクトルに何か特別の権利でもあるかのように、後ろにさがって道をあけた。祭壇の横にエクトルは立った。そして、そこに寝かされた遺骸を見下ろした。このときになっても、心臓がたっぷり三度《みたび》脈を打つあいだ、エクトルにはそれが誰の遺骸なのかわからなかった。ランスロットは、ここ何週間かで、見る影もなく衰弱しつくしたので、それがよもや湖のランスロット――世に最高の騎士の変わりはてた姿だとは、およそ想像のつく者などいなかったのである。

エクトルはいぶかりながら、そこに立っていた。秋風が礼拝堂《チャペル》をつつみ、松明《たいまつ》の炎が燃え上がり、横になびいた。そのときエクトルは、遺骸の胸の上で組まれている手が、剣を使い、馬にのる男の手だということに気づいた。そして…げっそりとくぼんではいるものの、左右が不釣合なこの顔は、まさしく兄のランスロットだ！

エクトルは喉《のど》がつまったような悲鳴をあげ、剣と盾を投げ出した。粗《あら》い石が敷きつめられた床が、ぐしゃん、がらんと響いた。そして悲しみの声がエクトルの胸から喉《のど》にむかってほとばしり出てきて、一瞬、そこでつまったようだったが、やがて、いっきにふきだした。

「そこに横たわっているのはサー・ランスロットじゃないか。そなたは世のどんな騎士も及ばぬ強い騎士だった。かつて盾をかまえた騎士で、そなたほど奥ゆかしい騎士はいなかった。かつて馬にまたがった騎士で、そなたほど友情にあつい者はいなかった。かつて女を愛した罪深い騎士で、そなたほど真に愛した者はいなかった。かつて剣をふるった騎士で、そなたほど温情あふれる者はいなかった。かつて戦う騎士の群れにくわわって、そなたほど神々しい者はいなかった。広間で貴婦人にかこまれて、そなたほどおとなしく優しい者はいなかった。そして、かつて槍をかまえた騎士で、そなたほど敵にきびしい騎士はいなかった」

エクトルはひざまずいて、兄の額に口づけをした。そして悲しみと疲れで、なかば気をうしない、ランスロットの横に倒れた。

こうしてランスロットも墓におさめられた。そして、その偉大な、苦しみぬいた心にもようやく平和がおとずれた。

ベディヴィエールと数人の修行者たちは、自分たちに残された日々を、この小さな教会と、それをかこむ茅屋《あばらや》ですごした。すると、しだいに人びとが集まってきたので、ついにこの場所はふたたび修道院となった。そして、さらに後になると、草屋根の教会と、みじめな小屋の僧房があった場所に、壮大で美しい石造りの建物が建てられた。やがて、この場所のことを、人はグラストンベリーと呼ぶようになった。

しかしボールス、エクトル、ブレオベリス、ブラモアは遠く聖地へと旅だっていった。そしてそこで、神の祝福をうけながら、聖金曜日［復活祭の前の金曜日でキリストのはりつけを記念する教会の祭日］に亡くなった。

そしてブリテンでは、ところどころで、きらりと輝く活躍を見せる者もいたが、やがて侵入してきた暗黒の闇に、島ぜんたいがおおわれてしまった。

しかしランスロットは、かつて、キャメロット城の城壁の下の細長い果樹園で、黄昏《たそがれ》の散策を楽しんでいたおりに、友人のアーサーにむかって、こう言ったことがあった。

「闇のむこう側の人たちが、われわれのことを思い出してくれるほどの、黄金の輝きを、われわれは生み出したのではありませんか」

ランスロットのこの言葉はまさに真実であった。アーサー王と円卓の騎士たちの物語は世々語りつがれ、今日もなお生きているのだ。

訳者あとがき

本書『アーサー王最後の戦い』は、現代イギリスの作家ローズマリ・サトクリフによるアーサー王三部作の最終巻にあたります。アーサー王というすぐれた王のもとで栄華をきわめたブリテン島、あるいはログレスの国が、どのようにして滅んでゆくか、感動的な筆致でもって描かれています。

第一巻目の『アーサー王と円卓の騎士』では、どのようにしてすぐれた騎士がアーサー王の宮廷に集まってきたか、その過程が、それぞれの騎士を中心としたエピソードによって語られていました。そしてアーサー王の宮廷が繁栄のきわみにたっし、強い騎士がそろったばかりでなく、パーシヴァルという徳の高い騎士により、騎士たちのあいだに大きな融和がもたらされ、ここに精神的な意味でも一つにまとまった騎士団が成立したことが描かれているわけです。

第二巻目の『アーサー王と聖杯の物語』は、第一巻が終わった時点から、ほぼ一年がたったころにはじまります。円卓の騎士たちがとつぜん熱にうかされたように《聖杯》を求める冒険の旅に出ます。けっきょく、目的を達成する騎士がいるいっぽうで、命をおとしたり、負傷して帰ってくる者も多く、せっかくみごとに完成した《円卓の騎士団》が、はやくも昔どおりのものでなくなってしまいます。

そして第三巻は、冒頭でご紹介したように、円卓の騎士団がいかに消滅してゆくかがテーマになっています。

＊＊＊

さて、わたしは『アーサー王と円卓の騎士』、『アーサー王と聖杯の物語』と訳してきて、『アーサー王最後の戦い』の終局をむかえると、とつぜん、長い人生を生きてきたような感慨にとらわれました。そこであらためてよく考えてみれば、サトクリフのこの三部作は、たしかに、ある人物の長い生涯がたどられているということに気づきました。ここでいう「ある人物」というのはアーサー王のことではありません。もちろん、アーサー王物語である以上、アーサーの生涯がたどられているのは当然のはなしです。しかし、わたしにとって、アーサー本人よりももっと印象深いのは、「世に最高の騎士」と称されるランスロットです。

湖のランスロットはアーサー王の宮廷にやってきて、アーサーみずからの手によって騎士にとりたててもらいますが、その叙任式のおりに、アーサーの王妃であるグウィネヴィアと愛し合うようになります。それは、もう、運命としかいいようのない、とつぜん二人をさらっていった激しい恋でした。

そのような成就できぬ恋、それでいてグウィネヴィアと顔を合わせなければならないという、息苦しい宮廷の空気をのがれて、ランスロットは旅に出ます。そして、たまたま《聖杯の城》に宿ったおりに、だまされて、そこの城主であるペレス王の娘《百合の乙女エレイン》と一夜をともにします。これにより、エレインはガラハッドという子どもを授かります。ランスロットは、しかし、エレインには見向きもせず、けっきょくキャメロットのグウィネヴィアのもとに帰ります。そして、エレインのことがかえってきっかけとなり、ランスロットとグウィネヴィアの仲はいっそう深まります。

アーサー王はこの二人の関係にうっすらと気づいてはいるのですが、〝王として〟そのことを知ってしまうと、二人を処刑しなければなりません。アーサーはグウィネヴィアを愛しているし、ランスロットのことも無二の親友だと思っています。したがって、この世でもっとも愛している二人の人間を失わないために、アーサーは自分自身をさえだましておこうとするのです。このように、感情的には、きわめて不安定な状態で第一巻は閉じています。すぐれた騎士がすべてそろった、しかも騎士たちが融和の精神のもとにまとまったといういっぽうで、精神的な意味での不均衡な感覚が底流としてあり、何かが動き出さないではいないような予感を感じさせる、絶妙の終幕といえます。

つぎの第二巻では、ランスロットの息子ガラハッドが主人公――というか中心的な人物として登場します。《聖杯》の神秘にあずかるという、聖なる目的は、武芸、精神ともにすぐれた騎士にのみ許されています。ガラハッドはそのような理想の人物です。

これにたいして、ランスロットはグウィネヴィアとの恋ゆえに、《聖杯》の冒険に失敗します。自己を高めたい、精神的な高みにのぼりたいという望みをいだきながら、この世での恋を捨てきれずに悩む人物――あまりになまなましくも人間的であるがゆえに、愛さないではいられない人物――それがランスロットなのです。ですから、『聖杯の物語』は《聖杯》の神秘を成就する徳の高い人物の物語であると同時に、それがどうしてもできないランスロット——人間的、あまりに人間的な人物を主人公とする物語でもあるのです。

そして第三巻。

アーサーを憎む胤《たね》ちがいの姉モルゴースが、自分の出自をかくしながらアーサーを誘惑し、息子をもうけました。アーサーは知らないうちに姉とのあいだに禁じられた関係をむすび、その果実を生み出してしまったことになります。これは第一巻で起きた出来事です。

さて、第三巻になると、このモルドレッドと名づけられた息子は、母モルゴースからアーサーへの憎悪を受け継ぎながらすくすくと育ち、やがてアーサーの宮廷にやってきます。そして、アーサー王その人、くわえてアーサー王が営々として築き上げてきたものを破滅させる計画を実行しはじめます。

このように第三巻では、第一巻でアーサーみずからの手によって動き出した運命の歯車の回転が、ついにアーサーをまきこみ、破滅に追いこんでゆく過程が扱われているのですが、その場合に、中心となるのがランスロットとグウィネヴィアの関係なのです。モルゴースはそれをうまく利用して、第一巻の終わりで、不安定な均衡状態にたっしていた状況を動かしはじめます。そして、それがいったん動きはじめれば、事件が事件をよび、事態が事態を生み出すことにより、すべてが破局にむかってころげ落ちてゆきます。ここには、すべてが必然の鎖でつながれた悲劇があります。

それでは、このようなみごとに構成された悲劇をつうじて、サトクリフは何を描こうとしたのでしょうか？

一つは、「悪」とはなにか?という問題だと思います。モルドレッドという純粋な悪意の結晶したような人物、そのような人物のいわば肌触りを描くことが作者の目的の一つだったと思われます。

しかし、それにおとらず重要なのは、ランスロットとグウィネヴィアの愛が最終的にどのようなかたちの終局をむかえるのか?という関心です。この物語の終章を読むと、まるで大河小説を読みおえたときのような感慨がわいてくるのは、そのためではないかと思われます。

この、たいへんロマンティックでもあるサトクリフ版「アーサー王物語」を、一人でも多くの読者のかたに楽しんでいただければ幸いです。

＊　＊　＊

サトクリフによるアーサー王三部作の翻訳が、すべてそろって出版されることになったのは、原書房の寿田さん、成田さんのたいへんなご尽力のおかげです。この場をかりて、御礼申し上げます。

二〇〇一年三月

山本史郎

ローズマリ・サトクリフ（ROSEMARY SUTCLIFF）

1920～92年。イギリスを代表する歴史小説家。はじめ細密画家をこころざすが文筆に転じ、30を超える作品がある。1959年、すぐれた児童文学にあたえられるカーネギー賞を受賞し、歴史小説家としての地位を確立した。

『ともしびをかかげて』や『第九軍団のワシ』（ともに岩波書店）、『ケルトの白馬』（ほるぷ出版）のような児童向け歴史小説のほか、本書や『アーサー王と円卓の騎士』や『アーサー王と聖杯の物語』、『ベーオウルフ』（沖積舎）などイギリス伝承の再話、『トロイの黒い船団』や『オデュッセウスの冒険』（いずれも9月刊行予定）などのギリシア神話の再話、成人向けの歴史小説、BBC放送のラジオ脚本なども多くてがけ、1975年には大英帝国勲章（OBE）が贈られている。

豊かな物語性と巧みな構成力、詩的な文章で彩られた魅力的な登場人物などで、イギリス最良の伝統をうけつぐ、第一級の歴史ファンタジー作家として、世界的にも有名である。

日本においても、近年つぎつぎと翻訳書が刊行され、サトクリフの評価はいっそう高まっている。

山本史郎（やまもと・しろう）
1954年生まれ。東京大学名誉教授。順天堂大学健康データサイエンス学部特任教授。専門は翻訳論、イギリス文学・文化。
欧米のtranslation studiesの批判的な評価にもとづいた、日本の文脈にふさわしい翻訳理論の構築をめざしている。著書は、『東大の教室で「赤毛のアン」を読む』（東京大学出版会）、『名作英文学を読みなおす』（講談社）、『読み切り世界文学』（朝日新聞出版）、『翻訳の授業――東京大学最終講義』（朝日新書）、『翻訳論の冒険』（東京大学出版会）など。翻訳に、L・M・モンゴメリー『完全版赤毛のアン』（原書房）、J・R・R・トールキン『ホビット』（原書房）、『サー・ガウェインと緑の騎士』（原書房）、新渡戸稲造『武士道』（朝日新書）、B・ウィルソン『自分で考えてみる哲学』（東京大学出版会）、チャールズ・ディケンズ『オリバー・ツイスト』（偕成社、共訳）などがある。

アーサー王最後《おうさいご》の戦《たたか》い
普及版

●

2023年11月25日　第1刷

著者…………ローズマリ・サトクリフ
訳者…………山本史郎《やまもとしろう》
装幀者…………川島デザイン室
本文…………株式会社精興社
カバー印刷…………株式会社ディグ
製本…………東京美術紙工協業組合
発行者…………成瀬雅人

発行所…………株式会社原書房
〒160-0022 東京都新宿区新宿1-25-13
電話・代表03(3354)0685
http://www.harashobo.co.jp
振替・00150-6-151594

ISBN978-4-562-07370-2